»Eile ist des Witzes Weile«

Eine Auswahl aus den Texten

Herausgegeben von
Christina Weiss und Karl Riha

Philipp Reclam jun. Stuttgart

Umschlagabbildung: Ausschnitt aus dem von Kurt Schwitters gestalteten Titelblatt der Originalausgabe von *Anna Blume*, 1919 (vgl. S. 153)

Universal-Bibliothek Nr. 8392

Der Titel der Originalausgabe lautet: Kurt Schwitters, *Das literarische Werk*, Band 1–5, herausgegeben von Friedhelm Lach, Köln: DuMont 1973–81, © 1973, 1974, 1975, 1976, 1981 DuMont Buchverlag, Köln
Gesamtherstellung: Reclam, Ditzingen. Printed in Germany 2000
RECLAM und UNIVERSAL-BIBLIOTHEK sind eingetragene Marken der Philipp Reclam jun. GmbH & Co., Stuttgart
ISBN 3-15-008392-3

Inhalt

I *Zur Person: Biographisches und Topographisches*

II *Texte: Von »Anna Blume« und der »Welt voll Irrsinn« übers »Alphabet von hinten« und das »i-Gedicht« zum »Onkel Heini-Schlager« und »Obervogelsang«*

III *Manifeste: Sturm – Dada – Merz*

I Zur Person

Biographisches und Topographisches

Kurze Lebensbeschreibung

Ich wurde als ganz kleines Kind geboren. Meine Mutter schenkte mich meinem Vater, damit er sich freute. Als mein Vater erfuhr, daß ich ein Mann war, konnte er sich nicht mehr halten, und sprang vor Freude im Zimmer herum, denn er hatte sich sein ganzes Leben immer nur Männer gewünscht. Die größte Freude für meinen Vater aber war es, daß ich kein Zwilling war.
Dann wuchs ich heran zur Freude anderer, und es ist schon immer in meinem ganzen Leben mein Bestreben gewesen, anderen immer nur Freude zu bereiten. Wenn sie sich dann manchmal aufregen, dafür kann man ja nichts. Mein Lehrer freute sich immer, wenn er mich ohrfeigen konnte, und die ganze Schule war froh, als ich mit ihr fertig war.

1939

Hannover

Die Hannoveraner sind die Bewohner einer Stadt, einer Großstadt. Hundekrankheiten bekommt der Hannoveraner nie. Hannovers Rathaus gehört den Hannoveranern, und das ist doch wohl eine berechtigte Forderung. Der Unterschied zwischen Hannover und Anna Blume ist der, daß man Anna von hinten und von vorn lesen kann, Hannover dagegen am besten nur von vorne. Liest man aber Hannover von hinten, so ergibt sich die Zusammenstellung dreier Worte: »re von nah«. Das Wort »re« kann man verschieden übersetzen: »rückwärts« oder »zurück«. Ich schlage die Übersetzung »rückwärts« vor. Dann ergibt sich also als Übersetzung des Wortes Hannover von hinten: »Rückwärts von nah«. Und das stimmt insofern, als dann die Übersetzung des Wortes Hannover von vorn lauten würde: »Vorwärts nach weit«. Das heißt also: Hannover strebt vorwärts, und zwar ins Unermeßliche. Anna Blume hingegen ist von hinten wie von vorne: A-N-N-A.
(Hunde bitte an die Leine zu führen.)

1920

Meine Wiedergeburt

Wissen Sie, ich habe mir das immer so schön gedacht, und da dürfen Sie nicht sagen, es ginge nicht. Es kommt sicherlich so, und Sie können mich heute schon »Fräulein« nennen. Sehen Sie, früher, da bin ich sicherlich einmal ein Hund gewesen, denn heute noch habe ich für alle Hunde die regste Sympathie. Ich liebe sie, wie sie in ihrer ganzen Gesinnung anständig sind, moralisch, offen, treu, ohne Rachsucht, eben durchaus Charakter. Sehen Sie, so war ich. Und wenn ich Hunde sehe, kann ich sie nicht in Ruhe lassen, ich muß sie freundlich anbellen, meine alten Kollegen. Und da habe ich mir einen Bell angewöhnt, den alle Hunde täuschend finden. Jeder bellt entrüstet wieder, und manchmal wollen sie mich sogar in die Hose beißen. Sehen Sie, und nun wurde ich Mensch, ja sogar Journalist. Das ist eine ganz bösartige Sorte von Menschen ohne jede Spur von Charakter. Zwar sind sie moralisch, aber nur in ihren Schriften, denn wir Journalisten kennen auch das sogenannte Leben von der Schattenseite, besonders nachts, wenn es keine Schatten mehr gibt. Dahingegen sind wir offen bis zur Gemeinheit, wenn es gilt, die Untugenden der anderen bloßzustellen. Aber beruhigen Sie sich, mein Herr, im Grunde schreiben wir Journalisten ja doch nur für uns selbst. Das sind alles unsere eigenen abscheulichen Untugenden, die wir geißeln. Und treu sind wir der Partei, die wir machen. Wenn einer von uns bloß einmal einen Artikel schreibt, so gründet sich um ihn schon eine Partei. Jawohl, wir kennen unseren inneren Wert als wie ich zum Beispiel. Und rachsüchtig? Nein, das kommt bei uns nicht in Frage, überhaupt nicht in Frage. Sehen Sie, wir sind wohl kritisch und unterscheiden da gut und böse ohne persönliche Einstellung zu den Dingen. Und so bin ich schon auf dem besten Wege zu engelreinem Wesen, und ich weiß es ganz genau, das nächste Mal werde ich als Fräulein zur Welt kommen. Dann sollen Sie aber erst was erleben! Und nun habe ich mir das schon so schön gedacht, so furchtbar nett, daß ich fast keine Lust mehr habe, als Journalist weiterzuleben.

1926

[Das Leben ist eine herrliche Erfindung]

In Paris mußte ich oft an Doesburgs Ausspruch denken: »Das Leben ist eine herrliche Erfindung.« Das ist es auch. Man sollte sich ein Patent darauf geben lassen! Fragt sich nur: »Wer hat Anspruch darauf, die Rente darauf zu empfangen?« Jedenfalls beabsichtige ich, in Deutschland beim Patentamt diese Erfindung einzureichen. Da sie bislang nicht patentiert ist, müßte man mir wohl das Patent geben. Es ist auch immer wieder neu, das Leben, und Neuheit ist ein sehr wesentlicher Bestandteil des Patents. Nur muß es noch einem Bedürfnis genügen, um patentfähig zu sein. Das tut es auch in hohem Maße, denn wäre das Leben nicht vorhanden, so wäre ganz Paris zwecklos. Was meinen Sie dazu, bitte?

um 1927

Vater Rhein

Eigentlich ist der Vater Rhein gar kein Vater, sondern ein Fluß. Auf dem Rückgrat dieses Vaters, oder längs seiner Bauchlinie, oder wie Sie wollen, da fahren Dampfer, die nennt man Rheindampfer, teils deutsche, teils niederländische. Auch die großen Elbkähne verkehren auf seinem Rükken. Quer über den Vater führen Brücken, teils für den Fuß- und Wagenverkehr, teils für die Eisenbahn. In diesem Falle ist das Betreten des Bahnkörpers verboten. Man kann den Bahnkörper befahren, wie etwa den Körper des Vaters Rhein. Letzteren kann man auch beschwimmen; das Betreten des letzteren ist nur im Winter gestattet. Der Vater liegt wie alle Flüsse in seinem Bett. Das Bett besteht teilweise aus flachem Ufer, teilweise aus Bergrücken, die wiederum teilweise mit Wein, teilweise mit Burgen bepflanzt sind. Manchmal haben die Burgen ganz schreckliche Namen, manchmal heißen sie einfach Maus wie die entzückenden kleinen Mädchen. Meine eigene Frau heißt nämlich auch Maus. Manche trutzt der Neuzeit noch, manche hat der Franzose schon lange zerstört. Es ist die Lebensaufgabe des Franzosen, die Burgen am Bette des Vaters Rhein zu zerstören. Wer solls auch sonst tun, er ist der nächste. Die Weinberge sind am Rhein mit kleinen gardinenförmigen Mauern waagerecht aufgeteilt, ganz anders als an der Ahr, wo sie mehr kubistisch gestaltet sind. So hat jede Gegend ihre Eigenarten. Man besingt alles am Rhein. Wie es eine Gegend der Denker und Geistesheroen in Weimar gibt, so gibt es in Berlin eine Gegend der Börsianer, in Hamburg eine Gegend der Kaufleute und am Rhein eine Gegend der Sänger. Jeder singt dort, gleichgültig, ob er kann oder nicht. Man singt einzeln und scharenweise. Wenn die Stimme nicht so schlecht ist, höre ich Einzelgesang noch lieber. Sonst ist für einen harmlosen Passanten, der nur Natur genießen will, das Singen bedeutend störender als der Geist in Weimar, die Börse in Berlin oder der Handel in Hamburg, weil es so laut ist. Wenn der Wein im Rhein-, Ahr- oder Moseltale gewachsen ist, heißt er Rhein-, Ahr- oder Moselwein. Der Rheinwein muß der beste sein, denn es heißt: er wäre der Himmel auf Erden, wenn ein Rheinisches Mädchen dabei wäre, und soviel kann die alleine auch nicht ausmachen. Übrigens ist der Vater Rhein Deutschlands Strom und nicht Deutschlands Grenze, das können Sie schon auf jeder Landkarte finden. Ein Vater kann schlecht eine Grenze sein, dann eher schon ein Strom. Ich selbst bin ja auch Vater gewesen. Irgendwo hat man einem on dit zufolge sehr unpraktischerweise eine Krone in den Rhein versenkt. Wer die zufällig findet, der wird noch zur selbigen Stund in Aachen zum Kaiser von der Donau bis zum Belt gekrönt. Übrigens ein einfaches Mittel, um unseren Kaiser wiederzubekommen. Es muß wohl ein tadelloser Luftverkehr von jener Stelle bis nach Aachen sein, daß er so schnell hinkommt, oder in Aachen gehen die Uhren nach, das wäre auch denkbar. Von der neuen Zeit, die wir auch schon heute haben, merkt man am Rhein so arg viel nicht. Das kommt davon, daß alle Berge mit der Fahrradpumpe jeden Sommer einmal aufgepustet werden. Dann konservieren sich die Sagen gut. Alles ist sagenumwoben. Die einzelnen Spinnwebfäden sind oft meterdick. Donnerwetter!

1927

Dritter Prager Brief

Was soll man nun als Fremder in Prag anfangen? Ich sah mir die Kirchen an, denn Prag hat keine Rembrandts und keine Sixtinische Madonna wie Dresden. Aber dafür gibt es eine große Menge von Kirchen. Und es fällt auf, daß sie nicht gotisch oder romanisch wie in der Gegend von Hannover sind, sondern barock und renaissance. Außer dem Dom auf dem Hradschin, der gotisch ist, und zwar ein ganz herrliches Bauwerk, wie der sich schon aufbaut auf dem anderen Moldauufer, oben auf einem Berge zwischen Palästen aus längst verflossener Zeit, und über die Moldau führt die Karlsbrücke, der ehemaligen Augustbrücke ähnlich, aber mit vielen Figuren auf den Pfeilern. Die Moldau ist braun und ruhig und ist an vielen Stellen aufgestaut, hat wenig Schiffahrt, es verkehren nur einige Flöße und Kähne. So ist zu hoffen, daß die Schiffahrt nicht wie einst in Dresden durch die zu enge Brücke gestört werden wird. Es wäre wirklich zu schade, wenn die schöne alte Brücke ähnlich der Augustbrücke in Dresden abgerissen werden müßte.

Manchmal denke ich, wenn ich durch alte Städte gehe, wir leben wie in einem Museum, was soll uns eigentlich all das Alte! Täte man nicht besser, in unserer neuen Zeit alles Alte einfach abzureißen, damit Platz für das Neue wird, oder täte man vielleicht gut, das gute Alte zu erhalten, um zu zeigen, was frühere Generationen alles gekonnt haben, oder täte man vielleicht gut, neben dem guten auch das schlechte Alte aufzubewahren, damit nicht jemand auf die Idee kommen könnte, daß etwa frühere Zeiten tüchtiger gewesen wären als unsere Zeit. Nein, wenn etwas wirklich gut ist, dann kann es gerne bleiben, von mir aus sogar sehr gerne, wenn es aber schlecht ist, dann kann es ebenso gerne bleiben als Gegenbeispiel. Ich bin überhaupt heute in einer so angenehmen Stimmung, daß ich alles liebe und daß ich alles anerkennen möchte, und wenn mir heute eine gute Freundin begegnete, ich würde ihr sicher einen Kuß geben, gern sogar, sehr gern, das kommt alles von der Prager Luft. Denn Kunst bleibt Kunst, und wenn es auch ewig dauern sollte.

Der Dom auf dem Hradschin wurde innen gerade ausgebessert, aber man konnte noch die wunderbaren Fenster betrachten, jedes in einer erstaunlich schönen, klaren Farbe. Die vielen Renaissancekirchen liebe ich sehr an warmen Sommertagen, mag es draußen noch so warm und lebhaft sein, drinnen in der Kirche ist es kühl, still und friedlich wie in allen Kirchen, und eigentlich hat der Stil damit nichts zu tun. Manche Kirchen sind überladen mit Altären, die noch an die Säulen gebackt sind, manche kleineren haben einen reichlich starken Weihrauchduft, manche sind gut und können so bleiben.

Ich war einmal in einer Gesellschaft. Da war auch eine Dame dabei, und die Dame hatte ein für meine Begriffe unmögliches Parfüm, zugegeben. Der Herr des Hauses konnte Parfüm nicht gut riechen, aber er war höflich genug, es der Dame nicht zu sagen, zugegeben. Um nun nicht seinerseits bei der Gelegenheit krank zu werden, zündete er ein halb Dutzend Weihrauchkerzen an, die er für solche Gelegenheiten immer im Hause hatte, zugegeben, aber die jetzt entstehende Mischung war wiederum für mein Gefühlsleben direkt unerträglich, da besann ich mich rechtzeitig, daß ich noch zum Glück ein Stück dicken Bindfaden in der Tasche hatte, zugegeben. Ich zündete also heimlich unter dem Tische den dikken Bindfaden an, und das hat gestunken, gestunken hat es, daß man hinterher weder den Weihrauchgeruch noch den Maiglöckchengeruch mehr bemerkte. Da hat es aber die Dame bemerkt, hat furchtbar in die Luft gerochen und hat behauptet, die Weihrauchkerzen hätten einen ganz unmöglichen Geruch an sich. Da nun der Hausherr diese nicht entfernen wollte, hat sich die Dame entfernt, und wir haben dann sofort alle Fenster aufgemacht, während ich den glimmenden Bindfadenstummel ausgetreten habe. An diese Schnurre muß ich immer denken in den Kirchen von Prag, obgleich eigentlich gar kein Zusammenhang damit besteht.

1928

Nebel in Bern

Der Dichter Nebel, einer meiner Freunde, wohnt in Bern, und als ich ihn besuchen wollte, war er umgezogen, und es war nur die Straße, nicht die Hausnummer bekannt, und er wußte nichts von meinem beabsichtigten Besuch.
Ich fuhr mit der Straßenbahn hinaus und besah mir die Straße. Sie hatte gegen hundert Hausnummern, darunter viele Doppelhäuser und Häuser mit ›A‹, ›B‹, ›C‹, ›D‹ ... Und da Nebel erst kürzlich umgezogen war, kannte kein Kaufmann seine Hausnummer. So ging ich dem Gefühl nach und fand ein Dreifamilienhaus, an dessen Wand jemand mit Schnee ein Hakenkreuz gemalt hatte, denn es war Frostwetter. Ich schloß natürlich von diesem Hakenkreuz auf Nebel, da er ein deutscher Flüchtling war, und richtig wohnte er in dem Hause zweite Etage, war aber mit seiner Frau ausgegangen, unbekannt wohin. Ich fragte, ob er Freunde hätte und erfuhr, daß seine Frau oft mit einem Fräulein Haefeli zusammen wäre. Im Adreßbuch gab es über hundert Haefeli, von denen ich mir einen beliebigen heraussuchte und anklingelte. Im Telefon war eine tiefe Männerstimme. Ich fragte nach der Tochter, und als die Tochter kam, fragte ich nach Frau Nebel, und sie nannte mir das Kino, in dem sie mit ihrem Manne im zweiten Rang zu finden wäre. Als ich sie dort nicht fand und enttäuscht fortgehen wollte, fragte mich die Kassiererin: »Suchen Sie etwa einen deutschen Dichter, so einen merkwürdigen«, und als ich bejahte, schickte sie mich zum dritten Rang. Dort saß er nun und starrte auf Franz Liszt auf der Bildfläche. Da stellte ich mich vor ihm auf und fragte: »Sind Sie der Dichter Nebel?«
Ich habe selten ein so dämliches Gesicht gesehen.

1930–39

Basel

Es geht ein bißchen rauf,
Es geht ein bißchen runter,
Dazwischen fließt der Rhein.
Grün soll sein Wasser sein.
Wenns regnet, stürmt und schneit,
Dann ist es braun;
Braun anzuschaun.
Verhältnismäßig drückend föhnt der Föhn,
Es brodelt tief im Grunde;
Darüber eine Stadt,
Die Basels Namen trägt und hat.
Dort lint es Böck;
Dort beint es hol,
Es waldet grün und witzt.
Der Ritter sticht den Wurm
Am Dom.
Die Kirche aus Zement
Ist Mosers hohe Zeit.
Es brennt,
Wenns brennt,
Im Kleid.
Der Frauen holder Chor
Lächelt dem Tor.
Mann,
Sieh dich vor!!

1935

My Art and my Life

When I was born, 20. 6. 87, I was influenced by Picasso to cry. When I could walk and speak I still stood under Picasso's influence and said to my mother: »Tom« or »Happening« meaning the entrances of the canal under the street. My lyrical time was when I lived in the Violet Street. I never saw a violet. That was my influence by Matisse because when he painted rose I did not paint violet. As a boy of ten I stood under Mondrian's influence and built little houses with little bricks. Afterwards I stood under the influence of the Surrealists, because when they painted natural things with their phantasy, I refused to tear out the wings of the flies for throwing them in the air. I never stood under influence of the Dadaism because whereas the Dadaist created Spiegeldadaismus on the Zurich Lake, I created MERZ on the Leineriver, under the influence of Rembrandt. Time went on, and when Hans Arp made concret Art, I stayed Abstract. Now I do concret Art, and Marcel Duchamp went over to the Surrealist. I became an admirer of Chirico, when Chirico went to the Classics, and at all I have much fun about Art. Life and history of Art is as simple as the human spirit, for example Philosophy. I think I shall create now the Phylism, or the Ptolism, because Sophism does already exist. I have to combine it, and call it *Philphorism*. The Philphorism goes out from the Anatomy of the Spirit, without being Spiritism.
One needs a medium. The best is, one is his own medium. But don't be serious because seriousness belongs to a passed time. This medium, called you yourself will tell you to take absolutely the wrong material. That is very good, because only the wrong material used in the wrong way, will give the right picture, when you look at it from the right angle. Or the wrong angle. That leads us to the new ism: Anglism. The first art starting from England, except the former shapes of art. That is my confession I have to make

MERZ

1940–46

Schwandote

Der in Hannover wohlbekannte ›Kunstmaler Kurt Schwitters, Dichter von Anna Blume und Schnauze Bauze‹, lebt als Flüchtling vor dem Hitler-Regime immer noch in England. Am 2. 6. saß er in einem Ruderboot auf dem Grasmere, einem idyllischen kleinen See mit Schwänen, wie im Schwanen-See, von Tschaikowsky, Ballettmusik vastehste. Er war in die Natur vertieft und malte die Landschaft. Neben ihm lag seine gute Taschenuhr noch aus Hannover stammend. Da schwamm ein Schwan ohne Laut heran, und plötzlich hörte er einen Laut, als ob jemand um Atem rang. Er blickte in der Richtung nach dem Geräusch und sah, wie ein Schwan mit Anstrengung seine Taschenuhr verschlang. Nun sind alle Schwäne und ihr Eigentum nach englischem Gesetz unantastbar, weil sie der Krone gehören, so konnte der arme Dadaist seine Uhr nicht wieder herausholen, außerdem zischte der Schwan überlegen und schwamm davon. Kurt Schwitters fragte einen Arzt, ob der Schwan krank werden könnte, wenn er Uhren äße. Der Arzt, Dr. Johnston, sagte, möglicherweise, wenn die Uhr in den Blinddarm gelangte. Voraussichtlich aber würde er die Uhr im Grasmere verlieren auf natürliche Weise, hinten raus. Oder ... er könnte sie verdauen, außer dem Glase. Dann gab der gute Doktor dem armen geschädigten Künstler seine Uhr mit Kette.

1946

[Sie sandten mir eine Aufforderung]

Sie sandten mir eine Aufforderung, dem Deutschen Kulturbund beizutreten. Ohne Grund war ich bisher außerhalb desselben, ich hatte nur ein Gefühl, daß es nicht richtig für mich war, etwa beizutreten. Nachdem ich den Artikel Kokoschkas gelesen habe, ist es mir ganz klargeworden, daß meine Arbeit nicht typisch deutsch ist. Ich bin Deutscher, d. h., ich bin in Deutschland geboren. Meine Arbeit ist Beweis, daß ich von einem deutschen Standpunkt mich weiter und weiter zu einem allgemeineren Standpunkt entfernte. Ich arbeite meine Bilder und Skulpturen und meine Gedichte für jeden, der sehen und fühlen kann, ganz gleich, ob er Deutscher, Russe oder Japaner ist. Man muß nicht Deutscher sein, um eine besondere Verständnismöglichkeit dafür zu haben. Natürlich ist meine ganze Erziehung deutsch, soweit Vorbild und Schule in Betracht kommen, aber in meiner Arbeit, in meiner Kunst, versuche ich so allgemein zu sein wie möglich. Meine Kunstwerke gehören nicht in einen typisch deutschen Kulturkreis. Darum weiß ich nun ganz sicher, daß ich bei allem Interesse, das ich als geborener Deutscher an dem Deutschen Kulturbund habe, jetzt als Flüchtling in England nicht ihm beitreten muß. Seien Sie mir nicht böse, aber ich versuche weit mehr jetzt, da ich mich in England wohl fühle, englisches Fühlen und englisches Wesen zu verstehen, als das deutsche, das ich von Geburt her kenne.

1942–45

On the Bench

It was in London. A bench stood in a beautiful park. There was a broad path with plenty of passers-by between this bench and the houses on the other side of the path. The houses were empty, partly bombed and the music temple on the grassplain behind the bench was empty too. Hundreds of chairs stood round the temple and twenty within.
I took a seat on the bench and regarded all around me. I was not hungry because I had got three pieces of bread in the shop of an art dealer whom I know. Three pieces of bread with white cheese. It was raining, a thunderstorm. Therefore I interrupted my business, visiting one shop after the other, trying to get commissions for portraitpainting. There must be people who would like to have a good portrait of their nice head done by me, but I cannot find them. There was a thunderstorm, therefore I sat down on this bench, protected by an immense planetree. Behind me there were lots of barbed wire, because it was a war on. I felt sad about the hopelessness of my situation, and this bench looked quite as hopeless, as I was.
Life is sad. Why did the director of the National Gallery not even like to see me? He does not know that I belong to the avantgarde in art. That is my tragedy. Why did Mr. Aardal tell me, that the really famous painter, Lieutenant Finne, could not even get portraitcommissions, I should, therefore, be quite satisfied. Why tell people me, I should wait till after the war? I have already waited seven months for work, and I cannot wait with eating.
But it is not only bad to be in a situation like this. I feel forces growing inside myself. I don't anymore be afraid to ask people for something. I know they aren't afraid to say no. And so I asked a man who passed by for a pencil, to write this down. He wanted to give me a penny, but I said that I could not ould write with a penny. Then he understood and gave me a wonderful red pencil, called Royal Sovereign. It is as red as the

dress of the girl who took a seat with a soldier on the bench on the opposite side of the way. They have a good time. He lies with his head on her legs, and she reads a book, leaning it on his head.
I wonder, what these two benches did see at other times. I suppose, it was quite interesting sometimes. Life in parks is more interesting than in the houses of well situated and satisfied citizens.

1942–47

[In der Gegend des Paradieses]

Eines Tages nahm mich in seiner großen Einsicht und Gnade Gott der Herr aus mir heraus und versetzte mich in eine andere Gestalt und an einen anderen Ort.
Ich merkte, daß was passiert war, denn ich bin ja nicht dumm.
»Um Gotteswillen, was ist denn los?« fragte ich, und da antwortete eine Stimme: »Du sollst den Namen des Herrn, deines Gottes, nicht unnützlich führen!«
Ich sah überall rund um mich und gewahrte eine Wiese mit blühenden Narzissen. In Schwaden wehten Düfte an meiner Nase vorüber, und ein Gesang erfüllte den Raum, bald leise, bald erheblich anschwellend wie der Sturm am Riff.
»Zum Donnerwetter, wo bin ich?« rief ich verzweifelt. Da kam ein gut aussehender älterer Herr in langem, venezianischrotem Überrock, mit bläulichem Barte langsam und aufrecht einen Kiesweg dahergeschritten, lächelte freundlich in mein Gesicht und sagte: »So sollte man am frühen Morgen nicht fluchen!«
Ich überlegte mir, daß ich so nicht weiter käme, und sagte, das wäre bei uns nur so eine Redensart. »Geflucht bleibt geflucht«, antwortete er würdevoll, und da ich in seiner Miene eine leichte Mißstimmung bemerkte, fügte ich hinzu: »Sonst ist es ja hier sehr schön«, und deutete auf die Narzissen und einen Rudel Engel, die gerade auf einem anderen Kiesweg ankamen, indem sie den Herrn singend lobten.
»Das will ich meinen«, antwortete da der ältere Herr, »daß dir das Paradies gefällt.«
»Dieses ist das Paradies?« fragte ich dumm.
»Nicht gerade das, aber es liegt in der Gegend. Es ist dieses genau genommen eine Versuchsstation für unbemittelte Seelen.«
»Wenn ich mal ganz dumm fragen darf, Herr Inspektor«, sagte ich, »was sind unbemittelte Seelen?«
»Die Frage ehrt deinen Verstand«, antwortete der Herr.

»Die Mittel der Seele sind Güte, Weisheit, Geduld usw., und da scheint es bei dir leider noch zu hapern.«
Ohne auf die Mittel der Seele näher einzugehen, sagte ich offiziell:
»Kurt Schwitters.«
»Mein lieber Freund, das war einmal«, sagte darauf der berockte Herr.
»Ich wollte mich nur vorstellen, da wir auf du stehen, daher nannte ich meinen Namen.«
»Lieber Freund, du irrst dich«, belehrte mich der Herr, »du bist nicht mehr Kurt Schwitters.«
»Sondern?« fragte ich.
»Du bist ein noch wenig beschriebenes Blatt.«
Ich besah mich von allen Seiten, konnte aber keine blasse Ähnlichkeit mit einem Blatte feststellen. Eher schon war ich eine Knolle. Aber ich wollte nicht streiten, sonst hätte der mich womöglich allein stehen lassen.
Aber die Neugier war doch zu groß. »Beschreibt man denn hier die Blätter?« fragte ich.
»Sancta simplicitas«, antwortete er, »ich spreche doch in Bildern.«
»Bist du auch Kunstmaler?« fragte ich
»Sieh mich an!«
»Gern«, sagte ich, und da schlabberte eine Troddel um seine Hüften.

1947

II Texte

Von »Anna Blume« und der »Welt voll Irrsinn« übers »Alphabet von hinten« und das »i-Gedicht« zum »Onkel Heini-Schlager« und »Obervogelsang«

Ich sing mein Lied

Ich sing mein Lied in tiefen Raum, man hört es kaum.
Es dringt hervor aus tiefer Brust, mir unbewußt.
Es singt Dir eine Melodie, jetzt oder nie.
Hast Du mich nun noch nicht erhört, bin ich empört
Und trinke Lindenblütentee, der mildert Weh,
Und frage mich: »Was bist denn Du, Du alte Kuh?«

um 1913

Schicksal

Leere Häuser gähnen straßenlang,
Ein Öden kauert auf.
– – – – – –
Sturmblitze zucken schwül;
Ich will, Ich will.
Peitscht Riesen überlaut – –
Greift Schmerz, ich will, ich will! – –
Ein Öden kauert auf – –
Ein Öden straßenauf – –
Ein Gähnen häuserlang – –
Ich
Muß!

1914–18

Ich werde gegangen
Gedicht 19

Ich taumeltürme
Welkes windes Blatt
Häuser augen Menschen Klippen
Schmiege Taumel Wind
Menschen steinen Häuser Klippen
Taumeltürme blutes Blatt

1917/18

Welt voll Irrsinn

Ich
Du
Er sie es
Wir ihr sie,
Ein Friedhof,
Lebendige Forellensauce überlaut.
Ich über du
Überlaut
Forellenfriedhof über
Er du Forellenfisch
Lebendig still
Du!
Ein Friedhof überstill
Wir leben
Wir
Forelle lebt Friedhof
Lebendige Forelle spielt
Wir spielen Leben
Ich spiele du,
Still
Spielen wir?
Leben wir?
Wir
Ihr
Sie

um 1919

An Anna Blume

Oh Du, Geliebte meiner 27 Sinne, ich liebe Dir!
Du, Deiner, Dich Dir, ich Dir, Du mir, –––– wir?
Das gehört beiläufig nicht hierher!

Wer bist Du, ungezähltes Frauenzimmer, Du bist, bist Du?
Die Leute sagen, Du wärest.
Laß sie sagen, sie wissen nicht, wie der Kirchturm steht.

Du trägst den Hut auf Deinen Füßen und wanderst auf die
        Hände,
Auf den Händen wanderst Du.

Halloh, Deine roten Kleider, in weiße Falten zersägt,
Rot liebe ich Anna Blume, rot liebe ich Dir.
Du, Deiner, Dich Dir, ich Dir, Du mir, ––––– wir?
Das gehört beiläufig in die kalte Glut!
Anna Blume, rote Anna Blume, wie sagen die Leute?

Preisfrage:

1.) Anna Blume hat ein Vogel,
2.) Anna Blume ist rot.
3.) Welche Farbe hat der Vogel.

Blau ist die Farbe Deines gelben Haares,
Rot ist die Farbe Deines grünen Vogels.
Du schlichtes Mädchen im Alltagskleid,
Du liebes grünes Tier, ich liebe Dir!
Du Deiner Dich Dir, ich Dir, Du mir, –––– wir!
Das gehört beiläufig in die ––– Glutenkiste.

Anna Blume, Anna, A –––– N –––– N –––– A!
Ich träufle Deinen Namen.
Dein Name tropft wie weiches Rindertalg.

Weißt Du es Anna, weißt Du es schon,
Man kann Dich auch von hinten lesen.
Und Du, Du Herrlichste von allen,
Du bist von hinten, wie von vorne:
A ------ N ------ N ------ A.
Rindertalg träufelt STREICHELN über meinen Rücken.
Anna Blume,
Du tropfes Tier,
Ich ------- liebe ------- Dir!

um 1919

Nennen Sie es Ausschlachtung

Anna Blume ist die Stimmung, direkt vor und direkt nach
dem Zubettegehen.
Anna Blume ist die Dame neben Dir
Anna Blume ist das einzige Gefühl für Liebe, dessen Du
überhaupt fähig bist
Anna Blume bist Du
Anna Blume ausschlachten heißt Dich schlachten
Bist Du schon einmal geschlachtet worden?
Anna Blume schlachten heißt Dich ausschlachten
Du läßt Dich gern ausschlachten?
Schlachte Anna Blume, die Stimmung vor dem Zubettgehen
Schlachte Anna Blume, die Dame neben Dir
Anna Blume schlachten, ist die einzige Ausschlachtung,
deren Du überhaupt fähig bist
Wenn Du nicht zufällig, Merz wolle Dich bewahren, ein ganz
unfähiger Mensch sein solltest.

um 1919

Simultangedicht
kaa gee dee

kaa gee dee	takepak	tapekek
katedraale	take	tape
draale	takepak	kek kek
kaa tee dee	takepak	tapekek
kateedraale	take	tape
draale	takepak	kek kek

(alle:)	oowenduumiir	

---

kaa tee dee	diimaan	tapekek
kateedraale	diimaan	tape
draale	diimaan	kek kek

---

didiimaan	------	didiimaan

---

	diimaan	

(alle:)	aawanduumiir	

1919

Kurt Schwitters an den Schweizer Dadaisten Arp.
Brombeeren (2)

leiber pra!
zunächst sage ich weshalb?
weshalb schreibt man groß und klein? ich schreibe alles klein. dann sage ich warum? warum macht man interpunktion ich schreibe ohne interpunktion dann frage ich wozu wozu schreibt man umlaute ich laute nicht mehr um ich schreibe zurich erfüllt zuruckgezogenheit personlich überbringen alsdann erinnere ich mich an den alten satz aus der mathematik namlich daß es beliebig ist in welcher reihenfolge ich addiere respektiere multipliziere und schreibe nun leibe statt liebe weil liebe leiber leibt und gebe nun endlich die reserve der wörterunt ereinanderaufindemichnurnocheinriesesenhaftgr oßeswortschreibeoderweilmehrschriebetitsoladinorthograp hieistnaturlichnebensachegewordenunddensinngebeichnun mehrzugunstendesunsinnspreisworaufdannderdiedaßklmno ppqrsutabelgikemaminopetroleumseuchekakrrrkrrrksrsrsto petitonobilamenteyakkaanteelinguekitonpausbakrokodilem adiemadedilemma*) kuwitter

*) Hier erlitt der Setzer einen Tobsuchtsanfall und drohte mit dem Generalstreik, wenn ihm zugemutet würde, weiter von dem Kuhgewitter etwas zu setzen. D. H.

1920

Kurt Schwitters an Arp. (Brombeeren)

Beleibter pra!
Ao 0,05 am 0,2 Merz I nach dem Ableben des großen Franz Müller frage ich Sie, ob Sie eine geneigte Seite haben?
Ich setze voraus, daß ich bei Ihnen ein senkrechtes Ohr finde für tit den Austausch von Gedanken.

Hälse 1,25 M.
Flanken 0,90 M.

und schlage vor, selbigen Briefwechsel wie Brombeeren zu sammeln und als Gemüse zu addieren.
Ao 0,05

Mit festem Bauchschlag
Kurt Anna Schwitters.

1921

Banalitäten
aus dem Chinesischen

Fliegen haben kurze Beine.

—

Eile ist des Witzes Weile.

—

Rote Himbeeren sind rot.

—

Das Ende ist der Anfang jeden Endes.

—

Der Anfang ist das Ende jeden Anfangs.

—

Banalität ist jeden Bürgers Zier.

—

Das Bürgertum ist aller Bürger Anfang.

—

Bürger haben kurze Fliegen.

—

Würze ist des Witzes Kürze.

—

Jede Frau hat eine Schürze.

—

Jeder Anfang hat sein Ende.

—

Die Welt ist voll von klugen Leuten.

—

Kluge ist dumm.

—

Nicht alles, was man Expressionismus nennt, ist Ausdruckskunst.

—

Kluge ist immer noch dumm.

—

Dumme ist klug.

—

Kluge bleibt dumm.

1919–22

An das Proletariat Berlins!
Durchgangsverkehr

Die Kohlennot ist groß
Spart Gas und Fahrkartenpreise! (Übergangsverkehr.)
Fundsachen werden ersucht, die Bekanntmachung an der
Leine zu führen
Hunde sind an den Bahnhofsbeamten zu versteuern
Schalterverwaltung im Krankenhaus (Nichtraucher
unverwüstlich.)
Dieser Platz ist für die ungehinderten Hunde abzugeben
Jeder Handel ist Unbefugten Zahnpasta (auch der
Schleichhandel.)
Juwelen sind untersagt und an der Weiterfahrt
ausgeschlossen.
Ungeschützte Hutnadeln müssen in den Mittelgang treten
Nicht in den fahrenden Genossen springen (wenn der Zug
hält.)
Nicht öffnen, bevor der Zug fährt (zur Pflege der Zähne.)
Das ist der Kardinalfehler unserer Politik.

1921/22

Cigarren (elementar)

Cigarren
Ci
garr
ren
Ce
i
ge
a
err
err
e
en
Ce
CeI
CeIGe
CeIGeA
CeIGeAErr
CeIGeAErrEr
CeIGeAErrErr
CeIGeAErrErr
ErrEEn
EEn
En
Ce
i
ge
a
err
err
e
en
Ci
garr
ren
Cigarren (Der letzte Vers wird gesungen.)

 1921

Das i-Gedicht

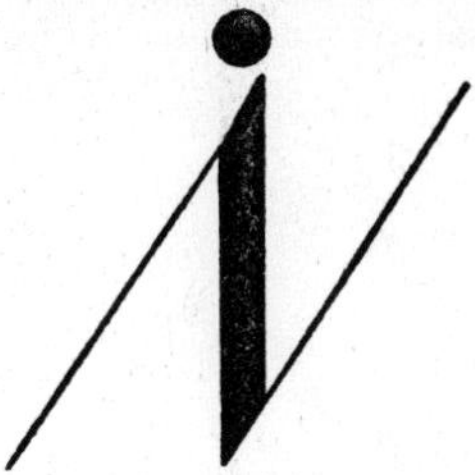

(lies: »rauf, runter, rauf, Pünktchen drauf«)

1922

Alphabet von hinten

z x y
w v u
ts r q
po n m
lk i h
g f e
dc b a

1922

Z A
(elementar)

    Z Y X

W V U

    T S R Q

P O N M

    L K I H

G F E

    D C B A

1922

Zwölf

Eins Zwei Drei Vier Fünf
Fünf Vier Drei Zwei Eins
Zwei Drei Vier Fünf Sechs
Sechs Fünf Vier Drei Zwei
Sieben Sieben Sieben Sieben Sieben
Acht Eins
Neun Eins
Zehn Eins
Elf Eins
Zehn Neun Acht Sieben Sechs
Fünf Vier Drei Zwei Eins

1922

Gedicht

b
f
bw
fms
bwre
fmsbewe
beweretä
fmsbewetä
p
beweretäzä
fmsbewetäzä
p
beweretäzäu
fmsbeweretäzäu
pege
fmsbewetäzäu
pegiff
Qui – E

um 1922

Gesetztes Bildgedicht

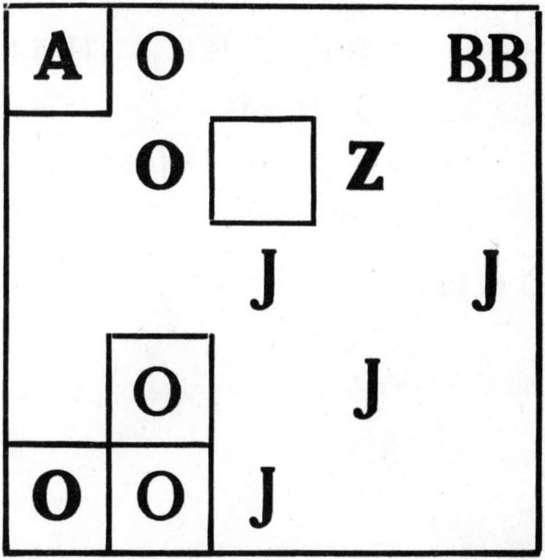

1922

Altes Lautgedicht

H H H   H H   H H   H H H

H H H

H H H   H H H

A A A

O la la la   O A   O A   la la

Plinius (i. J. 1847.)

1924

Fünf Vier Drei Zwei Eins
Wand
Wand
WAND
WAND WAND WAND
WAND WAND WAND
WAND WAND WAND WAND
wände
wände
Wände
WÄNDE WÄNDE WÄNDE
WÄNDE WÄNDE WÄNDE WÄNDE
WAND
WAND WAND WAND
WAND WAND WAND
wand wand wand
wand
wand
wand
wand

1922

Stumm

Ein Wurm hängt am Angelhaken.
Ein Fisch beißt den Wurm.
Der Fisch beißt auch den Angelhaken.
Die Angel zieht den Fisch.
Nun hängt der Fisch an der Angel.
Die Angel zieht ihn in die Luft.
Der Fisch stirbt in der Luft.
Die Angel stirbt den Fisch.
Ein neuer Wurm hängt am Angelhaken.
Ein neuer Fisch beißt den neuen Wurm.
Und neues Leben blüht aus den Ruinen.

1922

Personenzug

Es erwächst nun die eine Frage: »Ist es wahr, daß der Personenzug nach Berlin angebrannt ist?« Es ist wahr. Wer hätte das gedacht? Nicht wahr, Fräulein? Na, egal, auf die paar Menschen kommt es auch nicht an. Fabriken türmen das große Welken. Türme welken den Herbst zwischen die Beine. Und wenn einer so viel geschunden hat, kehren welken innen zuzweit.
Das ist ein feierlicher Augenblick, der Ton liegt auf »selbstverständlich«. Augen blicken die Feier. (Gemüsehalle.) Eine feierliche Gemüsehalle. Gibt es das? Das geht doch nicht an! Das wären ja Publikum sowie die weisen Herren von der Kritik. Du Deiner Dir Dich. Man denke: eine feierliche Rind- und Schweineschlachterei! Mit Dampfbetrieb noch dazu? Dampf betreibt die Feier der Schweine? Sie sind wohl verrückt? – **Blume Anna?** – Nein, Damenfriseur. – Was redet der plansche Kater? Herrenfrisiersalon!
Der Dackel läuft dreibeinig. Der Mensch läuft zweibeinig. Wie läuft das Genie? Einbeinig, Kamel! Also, recht gute Besserung! Auf einem Bein kann man schlecht sehen. Der Spießer ist kein Spießer, igottbewahre. Der Leser ist kein Leser, igottbewahre. Der Künstler ist kein Künstler, ibewahregott. Kunst ist nicht Kunst, ibebewahregott. Merz ist nicht Merz, oja, nee, nee. Aber sie können es doch nicht lassen, diese Ideotisten.
Der Personenzug nach Berlin ist immer noch angebrannt. Das ist der Hohn unserer Zeit, der Hahn des Jahrhunderts. Ohne Luxussteuer. Ohne Lustbarkeitssteuer. Für Armee und Marine, Reise, Sport, Jagd und Theater.
Die unübertreffliche Zahnpasta ist ein Knopf. Ein Druckknopf sogar. Patentdruckknopf. Knopf druckt Patent. Da nehme man einen gewissermaßen Hosenknopf. Am besten sogar einen weißen. Darauf nehme man Haare, am besten sechzehnjährige, und nicht zu kurz. Darauf nehme man etwas Spitze, weiß und schön sauber geplättet, und zwar

Lochstickerei. Loch stickt rei. Man nehme auch etwas Farbe, rot und matt. Die Straßenbahnfahrkarte ist der beste Witz. Straßenbahn fährt Karte. Ein Witz zum Knipsen. Kneift Löcher in den Witz, und es wird ein weibliches Kleidungsstück.

Weiße, löcherige Witze ihr, liebe süße Haarpudelchen! Waschen Hühneraugen tausend Fenster in dein Haarnetz. Flammen Apfelkähne grün- blaut gelb Spitzen rosarote Spitzen weiß der Witz die Löcher Deiner blauen Seide.

Lieschen ist der schönste Name. Lieschen ist kein schöner Name. Lieschen funken Quader Eisenbahnen Bremse Gaslaternen U o A. (Feinkostwaren.)

Klammen Fliegen Welten Haus Personenzug. Flammen Holz. Holzen Fliegen Flammen Augen. (Augen zu!) Bluten Augen Fliegen Blumen Fliegenblut. (Hackebeil.) Gewiß, angenehm ist es, das Telefon zu haben, aber sind wir im Ganzen genommen glücklicher durch das Telefonieren geworden?

1922

Rede Alves Bäsenstiels
(aus Franz Müllers Drahtfrühling)

MENSCHEN!
Laßt eure Gefühle nicht mißbrauchen.
Es gibt keine *Ehre*.
Es gibt keine *Schmach*.
Strebt, *Menschen zu werden!*
Nieder den Krieg.

Wenn du glaubst, durch Haß zum Völkerfrieden zu kommen, wenn du glaubst, *durch Krieg zum Frieden* zu kommen, wenn du glaubst, *durch Unrecht zum Recht* zu kommen, so glaube ich, durch dada zum Stil zu gelangen. Aber anders, als du denkst. Durch den Dadaismus gelangen wir zum Stil, weil uns dada die ganze erhabene Stillosigkeit unserer Zeit so recht »lieb« und eindringlich zeigt. Darum fordere ich euch auf, ihr Kriegshetzer hier und dort, daß ihr Haß säet und Unrecht vorbereitet, zeigt, wie grausam der Krieg ist, zeigt, wie kleinlich euer Haß ist, zeigt, welch ein Unrecht der Krieg ist, damit wir den Krieg hassen lernen. Bevor es Völker gab, gab es Menschen. *Bevor es Haß gab, gab es Liebe*. Bevor es Krieg gab, gab es Frieden. Gevor es Unrecht gab, gab es nur Recht. Nur nennen wir unseren Haß jetzt Liebe: »Vaterlandsliebe«. Und unser Unrecht nennen wir: »Unser gutes Recht«. Seid nicht kleinlich, dann werden wir alle eine große Nation sein, wie wir deutschen Stämme jetzt ein großes Deutschland sind und einander lieben und vereint hassen. Früher haben wir uns gegenseitig bekämpft, als wir noch nicht wußten, daß der bleiche Mond unser gemeinsamer Feind ist. Seid Menschen, dann werdet ihr Haß mit Liebe beantworten, den Hasser beschämen und den Haß durch Liebe ausrotten. Boykottiert den völkerverhetzenden Haß in den billigen Witzen der Variétékomiker und Witzblätter, in den fetten Balken der Tageszeitungen, in den Plakaten der Schande in den Schaufenstern.

1922

Kümmernisspiele
Ein dramatischer Entwurf

a. Mein Herr:
b. Bitte?
a. Sie sind verhaftet.
b. Nein.
a. Mein Herr, Sie sind verhaftet.
b. Nein.
a. Mein Herr, Sie sind verhaftet.
b. Nein.
a. Mein Herr, ich werde schießen.
b. Nein.
a. Ich hasse Sie.
b. Nein.
a. Ich werde Sie kreuzigen.
b. Nicht.
a. Ich werde Sie vergiften.
b. Nicht.
a. Ich werde Sie lustmorden.
b. Nicht.
a. Denken Sie an den Winter.
b. Niemals.
a. Ich hasse Sie.
b. Niemals.
a. Ich töte Sie.
b. Wie gesagt, niemals.
a. Ich werde schießen.
b. Das haben Sie schon einmal gesagt.
a. Also bitte kommen Sie.
b. Sie können mich nicht verhaften.
a. Warum nicht?
b. Sie können mich höchstenfalls festnehmen.
a. Dann werde ich Sie also festnehmen.
b. Dann bitte.

b. *läßt sich von a. festnehmen und abführen. Die Bühne verdunkelt sich. Das Publikum fühlt sich fälschlich veräppelt und johlt und pfeift.*
Der Chor schreit: Dof. Dichter rrraus! Son Blödsinn!

1922

A. M.

Er fiel in einen Narrenstall.
Da rauscht ein zäher Wasserfall.
Da sank ein zäher Gummiball.
Er aß von seinem Widerhall.
Da gab er seinen zähen Knall.
Wer gab da seinen zähen Knall?
Der zähe Gummiwasserfall?
So endete der zähe Prall
Im allgemeinen Knall und Fall:
Von Arp und Merz in diesem Fall.
So springt ein zäher Wasserball.

um 1923

Was ist Wahnsinn?

Wahnsinn läßt sich teilen.
Wahnsinn ist dividierbar und multiplizierbar.
Man lernt Wahnsinn am besten kennen, wenn man sich von ihm entfernt.
Wahnsinn ist Politik.
Dada ist gegen Politik, weil gegen Wahnsinn.
Politik steht im Weichbild unserer Zeit.
Möge selbiges Bild bald weichen und unserer Zeit freien Raum lassen.

1924/25

DIE SCHEUCHE X

Es war einmal ne Vogelscheuche

die hatte einen Hut-Schapo

und einen Frack

F

FRACK

und Stock

und einen ACH

so schönen Spitzenschal

DA kam Monsieur Mosjö

le coq

der Hahn

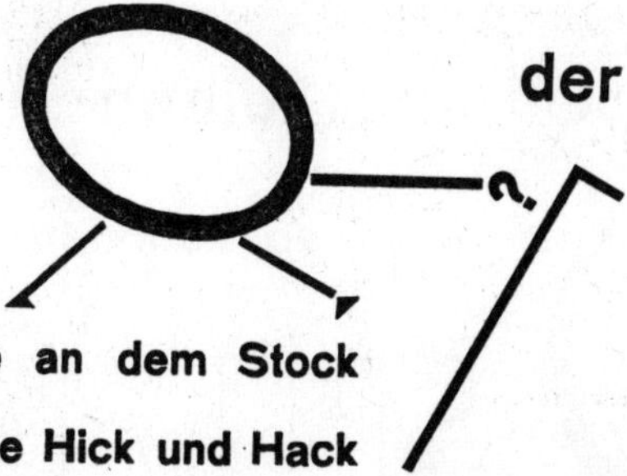

und hickte an dem Stock

und machte Hick und Hack

und hic haec hoc

und hickte an dem Stock

UND

hatte keinen Stock

und keinen ACH

so schönen

SPITZEN

SCHAL

DA kam das Hühnchen an

DA sprach MOSJO LE COQ zu Hut und Rock und Stock und zu dem **ACH** so schönen Spitzenschal **PFUI ALTER** Mann du bist ja eine Scheuche Hick Hack und hic haec hoc

1925

Der eine und der andere

Saßen zwei Männer zusammen. Der eine sah den anderen an, der andere sah weg. Lag etwas in dem Blick des einen der den anderen sah, der andere sah weg. Lag viel in dem Blick des einen der den anderen ansah, der andere sah weg. Lag sogar sehr viel in dem Blick des einen der den anderen ansah, der andere sah weg. Stellte sich ein Junge vor dem Paar der beiden Männer auf und beobachtete. Er sah, daß zwei Männer zusammen auf einer Bank saßen. Der eine sah den anderen an, der andere sah weg. Der Junge bemerkte es nicht, daß etwas in dem Blicke lag, mit dem der eine den anderen ansah, während der andere wegsah. Vielleicht hat der Junge nicht auf den Blick geachtet, mit dem der eine den anderen ansah. Vielleicht konnte der Junge auch nicht erkennen, ob etwas in dem Blicke lag, mit dem der eine den anderen ansah, oder nicht. Vielleicht lag in dem Blicke nur etwas in der Richtung zu mir, der ich dieses beobachtet habe und nicht in der Richtung zu dem Jungen, der es auch deshalb nicht bemerkte. Oder vielleicht hat es der Junge sogar bemerkt, daß in dem Blicke des einen, mit dem er den anderen ansah, etwas lag, aber er hat es nicht erkennen lassen. Vielleicht schämte er sich, etwas in dem Blicke des einen zu bemerken, mit dem dieser den anderen ansah. Vielleicht war er stolz darauf, daß er allein in dem Blick des einen bemerkt hatte, mit dem dieser den anderen ansah, und wollte deshalb seine Weisheit für sich behalten. Vielleicht war er etwas unsicher, ob er es wohl richtig beobachtet hatte, und da er es nicht genau wußte, was er in dem Blicke gesehen hatte, mit dem der eine den anderen ansah, so sagte er lieber nichts und tat auch nicht dergleichen. Vielleicht tat er auch sogar dergleichen und ich, der ich dieses geschrieben habe, habe dergleichen nicht bemerkt. Vielleicht weil der Junge sich zu undeutlich ausdrückte, indem er dergleichen tat, und indem er dadurch zeigen wollte, daß er bemerkt hatte, daß etwas in dem Blicke des Mannes lag, mit dem dieser den anderen ansah. Vielleicht weil ich, der ich dieses schreibe, den Jungen nicht genug kannte, um es an seinen Gesten zu erkennen, daß er ausdrücken wollte, daß er in dem Blicke des Mannes etwas gesehen hatte, mit dem dieser den anderen dauernd ansah. Aber vielleicht habe ich es sogar bemerkt, daß der Junge etwas ausdrücken wollte, habe es aber aus irgendeinem Grunde vermieden, das was ich bemerkt hatte in breiter Öffentlichkeit bekannt zu geben. Dann wäre die Situation etwa die folgende gewesen: Die zwei Männer saßen zusammen. Der eine sah den anderen an, der andere sah weg. Lag etwas oder viel in dem Blicke des einen, mit dem dieser den anderen anblickte, während der andere wegsah. Ein Junge beobachtete die zwei und merkte daß etwas oder viel oder sehr viel in dem Blicke lag, mit dem der eine den anderen anblickte, während der andere wegsah. In diesem Falle gab es der Junge zu erkennen, daß etwas oder viel oder sehr viel in dem Blicke lag, mit dem der eine den anderen ansah, während der andere wegsah. Ich bemerkte es, daß der Junge es zu erkennen gab, daß er gesehen hatte, daß etwas oder viel oder sehr viel in dem Blicke lag, mit dem der eine den anderen ansah, während der andere wegsah. Aber ich, immer angenommen daß es so wäre, wie ich es hier angenommen habe, ich hielt es für richtiger, nichts darüber der Öffentlichkeit bekannt zu geben, daß ich bemerkt hatte, daß der Junge zu erkennen gab, daß er gesehen hätte, daß etwas oder viel oder sehr viel in dem Blicke lag, mit dem der eine Mann den anderen ansah, während der andere wegsah. Aber warum? Vielleicht um dadurch die Öffentlichkeit nicht unnötig aufzuregen.

1925

Wie man gratis in ein Kino kommt

In Prag heißt Eingang ›vchod‹ und Ausgang ›vichod‹. Der ganze Unterschied ist nur ein kurzes i. Das gab mir Anlaß zum Denken, und ich dachte über die Begriffe Eingang und Ausgang. Und mit Erfolg. Das Wesentliche ist immer die Richtung des Kopfes, beim Eingang weist sie nach innen, beim Ausgang nach außen. Gut. Ich fragte nun den Pförtner eines großen Kinos in Berlin, ob beim Eintreten in ein Kino eine Geschwindigkeit vorgeschrieben wäre. Der meinte, darüber bestände keinerlei Vorschrift. Gut. Also kann die Geschichte auch negativ sein. Man muß daher nicht den Eingang, sondern den Ausgang eines Kinos betreten, wenn man gratis hineinkommen will, stellt sich mit dem Gesicht nach außen, den anderen schönen Körperteil natürlich nach innen, und geht mit negativer Geschwindigkeit hinaus. Niemand kann Ihnen dann was wollen, denn Sie benutzen den Ausgang in erlaubter Weise. So kommt jedermann ins Kino, ohne was zu bezahlen. Gut. Nun stehen Sie im Saale. Stehenbleiben dürfen Sie nicht, das erlaubt die Polizei nicht. Für Benutzen des Platzes erhebt das Kino aber eine Taxe. Da bleibt Ihnen nur eine Wahl, entweder müssen Sie einen Platz nehmen und bezahlen, oder Sie müssen nun wieder hinausgehen.

1925

Und

Zunächst kamen sie zu dem Worte UND. Dann stießen sie sich daran, daß sie immer allein die Arbeit tun sollten, etwas zu etwas hinzufügen zu müssen. Und so kam es, daß sie bei dem Worte UND zunächst stehen blieben. Ja, warum konnten das denn nicht ebensogut die anderen tun, die doch immer nur da herumstanden. Das Wort UND verpflichtete ebensogut die anderen, etwas zu tun, wie sie selbst. Und da sie mit dem eben erwähnten Worte, das den Anfang dieses Satzes bildet, ihre Pflicht schon vorher getan hatten, so sollten jetzt bitte die anderen ihre Pflicht tun, ihre verdammte Pflicht und Schuldigkeit. Daher dachten sie erst einmal nach. ›Zunächst‹ war ihr Ausgangspunkt. Von diesem Zunächst kamen sie, das heißt, sie hatten eine Bewegung gehabt, eine Bewegung ab Zunächst, die nun zunächst endete. Und zwar endete sie bei dem Worte ›UND‹, weil sie sich daran gestoßen hatten. Das Wort UND hatte gewissermaßen vor ihren Kopf gestoßen, und das schmerzte und betäubte sie ein wenig, besonders aber verärgerte es sie, und zwar nicht, weil es gestoßen hatte, sondern weil sie gestoßen worden waren. Sie waren deshalb empört. Die anderen standen nun irgendwo im Hinterhalte und freuten sich, daß es sie gestoßen hatte, und daß sie nun die Arbeit tun mußten an Stelle der anderen. Die anderen würden sich auch bestimmt geweigert haben, die Arbeit allein zu tun, weil sie sich sagen würden, daß nicht allein sie verpflichtet wären, die Arbeit des Hinzufügenmüssens dauernd zu verrichten. Und sie richteten nun an sich die Frage, warum wohl die anderen so handeln würden? Sehr einfach, weil sie aus der Betrachtung ihrer eigenen Eigentümlichkeiten wußten, daß man so und nicht anders zu handeln pflegte. Sie nahmen dabei von vornherein an, daß die anderen, was in diesem Falle sie waren, ähnliche Eigenschaften haben wie sie selbst. Das war wohl selbstverständlich. Denn sie selbst dachten im Grunde nicht anders als die anderen. Warum sollten da die anderen anders als sie denken? Daher würden die anderen auch dieselben Verfehlungen tun wie sie selbst. Folglich würden die anderen nicht allein die Arbeit tun wollen, zu etwas etwas hinzufügen zu müssen, weil sie sich nicht allein zur Arbeit verpflichtet fühlten. Daher würden sich auch die anderen an dem Worte ›UND‹ stoßen, sobald es ihnen aufgestoßen sein würde, weil die anderen dabei an sie dachten, nämlich daß sie sich in solchem Falle daran stoßen würden. Und warum sollten die anderen anders als sie handeln?

Aber dabei bemerkten sie, daß die anderen, welche den letzten Satz skrupellos mit UND begonnen und durchgeführt haben, sich offenbar nicht an dem Worte UND gestoßen hatten, sondern diesen Satz mittels des Wortes UND frech an den vorigen anknüpfen wollten. Zunächst stießen sie sich jetzt an der Handlungsweise der anderen, die sie als streberhaft und frech empfanden. Es lag darin so etwas Überhebliches, weil die anderen es getan hatten. Und die anderen hatten dieses bestimmt nur getan, damit vor der Welt der Eindruck erweckt würde, daß sie die Fleißigeren wären. Sie wollten eben besser dastehen. Durch diese Betrachtungsweise nun fiel es ihnen auf, daß es eine Schlechtigkeit war, wenn einer sich an UND stieß, und zwar war es schlecht, nicht weil es an sich schlecht gewesen wäre, sondern wegen der Betrachtungen, die sich daran anknüpfen ließen.

Und nun fiel es ihnen auf, daß sie vielleicht diese ganzen Betrachtungen ohne Not an das Wort UND angeknüpft hatten, um nicht etwas zu etwas hinzufügen zu müssen. Man soll aber nicht Betrachtungen anknüpfen, um nichts anknüpfen zu brauchen. Denn dadurch könnte man sich zum Schluß sogar lächerlich machen, wenn man laut verkündete, nichts mehr ohne Not tun zu wollen, und dabei tat man sogar eine große Arbeit ganz ohne Not. Also die anderen würden dann nicht nur als die Guten dastehen, sondern auch noch obendrein viel konsequenter sein als sie. Aber sie wollten auch gut sein, ebenso wie die anderen, und zwar nicht aus Trieb zum Guten, sondern weil es die anderen waren. Darum drängten sie sich vor und schrien überlaut, daß alle es hören konnten: ›UND UND UND‹.

Und dann fuhren sie fort.

1925

Internationale Euligkeit

Einmal waren drei Katzen in der Versammlung der Eulen, die einen Verein zur Pflege der allgemeinen Euligkeit geschlossen hatten. Zu diesem Behuf hatten sie in der ganzen Welt Auslandsmissionen, und heute waren auf der Durchreise die singenden Ziegen aus Ziegerien da und sangen zur Erbauung der Eulen. Sie sangen in durchaus ziegigen Tönen, und es kam den Katzen vor, als ob es sich hier um eine großzügige Propaganda der allgemeinen Ziegigkeit gehandelt hätte. Aber die Eule, die als Dolmetsch die auf englisch gesungenen Texte der Ziegen verdeutschte, belehrte sie, daß das die in Ziegerien übliche Form der allgemeinen Euligkeit wäre, und daß dieser Abend wieder ein schöner Beweis für die Kraft des allgemeinen euligen Gedankens wäre. Nun kam den Katzen die ganze Angelegenheit allgemein katzig vor, und sie waren von der Internationalität der allgemeinen Euligkeit vollkommen überzeugt.
Nach dem Vortrage wurden diejenigen, die alle Sünde abtun und zur allgemeinen Euligkeit sich offen bekennen wollten, aufgefordert, sich zu melden. Da meldeten sich die drei Katzen.

1925/26

Negnurhekmu

Der gute Birgenhund ist weiter nichts als der umgekehrte Hindenburg. Er entsteht dadurch, daß Millionen von Wahlhinden wählen. Wahlhinden wählen mit Gefühl. Er ist der unbeliebteste Mann in ganz Deutschland, denn er kann immer gut sehen. Er hat nie etwas im Auge gehabt, niemals, auch nicht als Soldat die ganze Nation. Im Ausland aber ist er desto beliebter. Burgenhind hat nie eine Osterbotschaft an das deutsche Volk erlassen, sein Leben liegt vollständig unklar hinter aller Welt. Darum können wir hier auch nicht mehr viel von ihm berichten. Burgenhind war nie Soldat, dafür aber ein gewiegter Diplomat.

um 1926

Wahrheit

Es gibt wenig Begriffe, über die so viele Gerüchte im Umlauf sind, wie über den der Wahrheit. Man sagt andern ›die Wahrheit‹, wenn man grob gegen sie wird. Viele verbinden mit dem Begriff der Wahrheit den des Edlen. Das Gegenteil der Wahrheit soll die Unwahrheit sein, die man sagt, wenn man lügt, auch wenn diese Lüge in den Himmel führt. Die Wahrheit beansprucht ewig und göttlich zu sein. Ich aber sage Euch die Wahrheit: »Die Wahrheit ist eine Flüssigkeit.«

Sie denken an Wein. Im Wein liegt Wahrheit. Da aber im Wein nur Flüssigkeit liegt, müßte sie ja wohl oder übel eine Flüssigkeit sein. Doch bin ich der Ansicht, daß die Wahrheit mehr eine dem Erdöl verwandte Flüssigkeit ist. Dafür kann ich Beweise erbringen.

Eine mir bekannte kompetente Persönlichkeit sagte neulich zu mir: »Ich habe mir immer schon gewünscht, die Leute anbohren zu können, um dann die Wahrheit herauszubekommen.« Er sagte es wörtlich so, und deshalb glaube ich ihm, daß dieses Experiment gelingen würde, wenn es seitens der Regierung erlaubt wäre, eine Vivisektion an Menschen vorzunehmen, zwecks Hebung der Wahrheit.

Diese Wahrheit würde dann aus der Bohrstelle spontan ausfließen, was wieder beweist, daß Wahrheit eine Flüssigkeit ist.

Nun habe ich mich gefragt, wenn Wahrheit im Menschen ist, weshalb kommt sie nicht aus den vielen schon vorhandenen Löchern geflossen, die man nicht erst zu bohren brauchte. Da sind zunächst einmal eine Legion von Poren, die braucht man nicht zu bohren. Das aber ist wieder wie mit dem Petroleum, welches auch aus vielen vorhandenen Löchern fließen könnte, z. B. aus der Wasserleitung oder aus dem Kanal, ohne daß es das täte. Nein, Petroleum und Wahrheit wollen sich bohren lassen.

Nun könnte aber doch einmal eine vorhandene Öffnung der Wahrheit den Lauf geben, etwa wie doch per Zufall Petroleum auch aus der Wasserleitung strömen könnte. Es könnte z. B. der Mund die Wahrheit verkünden. Was tut aber der Mund? Er frißt und frißt, und wenn er einmal etwas von sich gibt, so ist es meistens gerade, oder auch ungerade, um besagte Wahrheit zu verhüllen. Oder die Ohren. Ja, sie leiten wenigstens die hineingefüllte Wahrheit wieder hinaus, denn wenn Sie einem die Wahrheit sagen, pflegt sie ins eine Ohr hinein- und aus dem anderen wieder herauszugehen. Die Augen aber sehen geschickt um die Wahrheit herum, selbst wenn die Wahrheit noch so dick aufliegt.

1925–40

Mein neues Hut

Müssen nicht denken, daß ich vorher nie Hut gehabt, habe sehr schöne Hüte besessen, die Sie sich denken können. Zu Hause habe ich Hut gehabt, das ich von mein Papa geerbt habe, es ist ein sehr feines italienisches Hut gewesen, nur aber sehr verbraucht. Vorn, wo man es knickt, war ein Loch gewesen, das war braun. Dieser Loch wurde in der Zeit sehr, und zwar so groß, daß ich den Zug nicht mehr gesund aushalten konnte, das war im Mai. Ich habe die Gelbsucht bekommen und führe das direkt auf den Loch zurück. Der Mai ist überhaupt immer schon mein Unglücksmonat gewesen, bin ich auch im Mai geboren, das war mein erster Unglück. Als ich gesund wieder war, habe ich mein Hut verloren, und als ich nun nach Wien kam, kam ich ohne Hut, und lebte ohne Hut. Von Wien nach Deutschland ebenso. Da habe ich mir in Berlin ein sehr feines Haarhut gekauft und bin damit nach Budapest gefahren, und wie ich in Budapest aussteige, ist mein neues Hut sich in Donau geflogen. Zweites Mal kam ich ohne Hut nach Deutschland. Da habe ich mir eins in Dresden gekauft, ein sehr sehr schönes, ein Samthut und bin mit nach Paris gefahren. Auf der Gare de L'est hat mir ein Lokomotiv mein neues Samthut in sich zerstampft. Das war wieder im Mai.

Ich hab mir nun in Paris ein sehr elegantes Hut gekauft, und das ist mir in Weimar in Kaffee gestohlen. Ich habe mir wieder eins in Dessau gekauft, und in Karlsruhe, mein Freund wollte aussteigen, ich nicht, und da ist das Hut schließlich zum Schluß in Coupé geblieben. Dann habe ich mir ein sehr sehr gutes in Stuttgart gekauft, und das habe ich noch, das schätze ich sehr. Es ist ein spitzes Plüschhut, oben drauf mit Gamsenbart. Und da komme ich gestern um die Ecke, da weht mir der Wind mein Hut auf ein neugebautes Haus, aus is, Haus fällt alles zusammen, bleibt überhaupt nichts stehen, und mein Gamsenhut kommt wieder zurück und setzt sich auf mein Kopf wieder. Wahr is.

Und nun suche ich eine Frau. Muß dick und groß sein, nicht unter 180 cm hoch, Anflug von Schnurrbart, koch- und stopflustig, Bubikopf ausgeschlossen. Am liebsten rotgetüpfeltes Kleid, Gesicht ebensolches, vor allem aber gesund. Haare schwarze mit weißen Strählen meliert, Busen großes, besonders aber müssen Hände dick und fettig sein, ist Bedingung. Hohe Stiefel, keine Halbschuhe, wollene Strümpfe, leicht gestreift, Flanellwäsche rosa mit Languetten. So wäre am schönste. Name nur Marie! Vor allem muß feine Seele haben, Gefühl für zarte Sachen, Verständnis für alles, und so beschaffen, daß ich jederzeit mein Schmerz an ihren Busen zerweinen kann. Wenn Brille, soll aus Horn sein, ist aber nicht unbedingt nötig. Muß echte Zähne haben, und wenn schon echt, kann gelb sein. Wenn nicht echt, zum Schluß auch Montagezähne. Muttermal gänzlich ausgeschlossen. Muß der Rucksack lieben und beim Spazierengehen immer gern tragen. Spitzer Hut mit langer Gemsbart sehr erwünscht. Vertrauen in Gott muß sie haben, ich habe auch Vertrauen in mir selbst, dann kann mir schon nichts passieren. Und wenn sie das alles vegetarisch fertigbringt, ist schon besser. Bier ist vollkommen ausgeschlossen, dann schon eher Zwiebel.
So, das ist ungefähr wohl alles.

1926

Doppelmoppel

Der Herr von Doppelmoppel
Hat alle Dinge doppel.
Er hat ein Doppelkinn
Mit Doppelgrübchen drin.
Er führt ein Doppelleben,
Das zweite stets daneben.
Er hat ein Doppelweib
Zum Doppelzeitvertreib.
Der Herr von Doppelmoppel
Hat eben alles doppel.

1927

Onkel Heini-Schlager

Und wenn die Welten untergehn,
Bleibt Onkel Heini doch bestehn,
Denn unser braver Onkel Heini
Hat immer noch die krummsten Beini.

Denn Heini braucht sich nicht zu bücken,
Es kann ihn doch kein Stern erdrücken.
Denn Sterne sausen stets bei Heini
Hindurch durch seine krummen Beini.

O, lieber Onkel Heini,
Wie krumm sind Deine Beini!
Wie sind die Beini krumm,
Wie ist das dumm!

Und ist der Erdenuntergang
Vorbei schon kilometerlang,
Der Stern ist längst vorbeigeflogen,
Von Heinis krummem Bein betrogen –

Warum denn hat der Onkel Heini
Noch immer stets die krummsten Beini,
Denn ließe er sie grade machen,
Dann würden alle Mädchen lachen.

O lieber Onkel Heini,
Wie krumm sind Deine Beini,
Wie sind die Beini krumm,
Wie ist das dumm!

1927

Unter uns Kollegen

Höflich bin ich immer. Morgens, wenn ich aufstehe, sage ich zu mir selbst: »Guten Morgen!« – »Guten Morgen, Herr Kollege«, antworte ich mir. – »Gehts Ihnen?« – »N-na . . .« – »N-na? . . .« – »N-na . . !« – »Soo, soo!« – »Nna!« – »Tjaah!« – »Hmm-hmm.« – »Na und?« – »Und?« – »Ja ja ja.« – »Was sagst De?« – »Nein, neinn!« – »Ja ja ja jaaa!« – »Hmm« – »Nich wahr?« – »Aber ja.« – »Warum?« – »Was bitte?« – »Bitte sehr!« »––– Bitte sehrr???« – »Bitttte seehrr!!!« – »B-bitte sssehrr!« – »Na, ja.« – »Hmm hmm hm hm.« – »N' aberr.« – »Ja ja, nei nei nein, ja ja!« – »O, ooooo –– fffff ff« (geflötet). – »Psst!« – »Nannu?« – »RUhe!« – »Ja aber . . .« – »RUhe!!!« – »Wieso?« – »RrUUUhee!!!« – »Aber bbitte?!« – »RrrrrrUUheeeee!!!!!« – »Ha ha ha ha ha.« – »Donnerrwetterr!« – »Halunke, Schwein, Biest, Teufel!« – »Wen meinst De?« – »Iidioot.« – »Hahahahaha hahahahaha.« – »Schweig.« – »Im Gegenteil!« – »Dann nicht.« – »Lächerlich einfach!« – »Verrückt.« – »Das ist doch . . .« – »Ich platze, ich platze!« – »Wegen mir.« – »Wägän mmihr?« – »Und wenn?« – »U und wwww wenn???« – »Na ja.« – »Schwein.« – »Kann mich beherrschen!« – »Natürlich« (ironisch). – »I wo . .« – »Aber selbstverständlich.« – »Quatsch!« – »Nein, im Ernst.« – »Nun wirds Licht!« – »Ich glaube wohl?« (dabei tippe ich mit meinem Finger vor meine Stirn). – »Bilde Dir nur keine . . .« – »Laß mich ausreden!« – »Na?« – »Ja ja, in dem Sinne.« – »Wie so?« – »Wiiiisoooo?« – » Na eben.« – »Na na na na!« – »Freilich.« – »Selbstverständlich.« – »Also . . .« – »Ja, jaa.« – »Aberr . .« – »Ich begreife dich nicht.« – »Wie bitte?« – »Ich begreife dich einfach nicht!« – »Hier.« (wieder mit Finger an die Stirn geklopft). – »Sei nicht so frech.« – »Im Gegenteil.« – »Komische Anschauung.« – (hier lächle ich bloß) – »Man gut.« – »Guut?« – »Ja: Gut, gut, gut!« – »Ich lach mich tot.« – »Gern.« – »Und du?« – »Ich?« – »Ja, Du!« – »Na, . . .« – »Na, dann . . .« – »Na, also.« – »Nein, so doch nicht.« – »Ja, wie denn?« – »SoooO!« – »Ach so.« – »Jedenfalls . . .« – »Natür-

lich.« – »Du verstehst?« – »Natürlich.« – »Tja.« – »Ja, jaa.« – »Und weiter?« – »Tja weiter.« – »Ja, ja, weiter weiter weiter.« – »Von mir aus, ...« – »Ich begreife Dich nicht.« – »Na, und ...« – »Na, ich denke ...« – «««««« Und so geht das den ganzen Tag, bis zum Abend, Rede und Gegenrede, Frage und Antwort, ich bin doch nicht auf den Mund gefallen? Und abends, wenn ich zu Bett gehe, dann sage ich: »Gute Nacht, Herr Kollege!« – »Gute Nacht.« – »Wohl zu Ruhen!« – »Gleichfalls!« – »Na?« – »Na!« – Dann schlafe ich schon. Am anderen Morgen aber geht es umgekehrt. Dann fängt der Kollege zuerst an.
Wenn man viel allein ist!

1927

Zahlen
(zweistimmiges gedicht)

1	1
$\frac{1}{2}$	2
$\frac{1}{3}$	3
$\frac{1}{4}$	4
$\frac{1}{5}$	5
5	$\frac{1}{5}$
$\frac{1}{6}$	6
4	$\frac{1}{4}$
$\frac{1}{7}$	7
3	$\frac{1}{3}$
$\frac{1}{8}$	8
2	$\frac{1}{2}$
$\frac{1}{9}$	9
0	0

um 1927

Märchen

Der Hahn sitzt zwischen 3 Eiern. Er ist allein und fühlt sich einsam. Er pickt und pickt und pickt auch an ein Ei. Da kommt ein entzückendes kleines Hühnchen heraus; er ist ganz verliebt. Das Hühnchen besieht sich die Welt, und der Hahn ist wieder einsam. Da pickt er das zweite Ei an. Es kommt wieder ein entzückendes kleines Hühnchen heraus. Wie das 1. Hühnchen das 2. sieht, kommt es plötzlich zu dem Hahn, und beide umschwärmen den Hahn mit ihrer Liebe. Jetzt möchte der Hahn noch mehr Liebe haben, weil er unzufrieden ist, und pickt auch das 3. Ei an, weil er hofft, es würde noch ein Hühnchen herauskommen. Aber es kommt statt dessen ein kleiner Hahn heraus, der viel schöner ist als der alte, und die zwei Hühnchen folgen ihm, der alte Hahn bleibt verlassen.

1928

Normaler Irrsinn

Es war einmal ein Land, ein sehr merkwürdiges Land, in dem alle Menschen normal waren, geistig wie körperlich, von einigen Ausnahmen abgesehen.
In diesem Land galt es als das größte Verbrechen und als die größte Schande, anormal oder gar verrückt zu sein, und alle Verbrechen dieser Hinsicht wurden streng bestraft.
Schon eine einzelne Wahnsinnsäußerung, wie etwa pünktliches Steuerzahlen, Angabe aller Steuerposten ohne Ausnahme, Vorausbezahlung von Steuern, Bezahlung an Schuldner usw. wurde mit 8 Tagen Zwangsarbeit belegt, dementia praecox mit 2 Jahren, Paralyse sogar mit lebenslanger Strafarbeit. In Wiederholungsfällen wurden dem Bestraften beide Augen verbunden und Watte in die Ohren gestopft, um ihm die Ausführung der Strafarbeit noch zu erschweren.
So streng wurde jeder Versuch, wahnsinnig zu sein, bestraft. Cheerio.
Da ereignete es sich, daß der ›Frauenverein zur Bekämpfung des Irrsinns durch Vorbild‹ seine Generalversammlung abhielt. Die Vorsitzende begann, indem sie den Jahresbericht ablegte, denn Jahresberichte sind der Zweck und das Ziel der Vereine. Sie berichtete, daß das Präsidium gewechselt habe, und das neue Präsidium ginge mit aller Schärfe vor gegen jegliche Art von Ausübung irrsinniger Handlungsweisen, aber leider habe trotzdem die Zahl der neuen Irrsinnsfälle ständig zugenommen.
Als 2. Rednerin meldete sich Missis Iss. Sie behauptete, daß im Gegensatz zu dieser unerfreulichen Zunahme der außerhalbigen Irrsinnsfälle der Irrsinn im Vereinswesen des ›Frauenvereins zur Bekämpfung des Irrsinns durch Vorbild‹ begreiflicherweise eher ab- als zugenommen habe. Der vorbildliche Vorkämpfer des gesunden Menschenverstandes habe wenig Anlagen, selbst in ungesunden Irrsinn zu verfallen, und diese geringe Anlage würde durch die ständige Übung des Vorkämpfens zu dem wahren Idol gesunden nor-

malen Menschentums gewaltig verstärkt. Wenn man auch die Kluft zwischen den normalen Menschen und den irrsinnigen dadurch selbst vergrößere.
Sie holte dann etwas weiter aus und sagte, daß Normalität des Menschen etwas Normales sei. Die Verstärkung dieser Normalität hingegen könne man, wenn man kritisch wäre, als anormal bezeichnen. Der unkritische Mensch aber, wie die meisten Mitglieder des ›Frauenvereins zur Bekämpfung des Irrsinns durch Vorbild‹, dieser unkritische Mensch müsse die gesteigerte Normalität als das durchaus und vollkommen neue Normale bezeichnen, wodurch die alte, ungesteigerte Normalität von selbst zum Anormalen und damit zum Irrsinn gestempelt würde.
Als Missis Iss das gesagt hatte, meldeten sich 30 Mitglieder gleichzeitig zum Wort und redeten sofort beginnend durcheinander, so daß die Vorsitzende, Frau Hau, auf das Pult hauen mußte, bis wieder Ruhe eingetreten war.
Darauf erteilte Frau Hau das Wort an Fräulein Eulein.
Fräulein Eulein wandte sich scharf gegen die Behauptung von Missis Iss, daß die meisten Mitglieder des ›Frauenvereins zur Bekämpfung des Irrsinns durch Vorbild‹ unkritische Menschen seien. Sie versuchte ihren Angriff zu unterstützen, indem sie darauf hinwies, daß gewissermaßen gerade durch Missis Iss der Beweis erbracht worden wäre, daß der Verein an sich selbst das kritische Messer scharf anlegte. Dann entschuldigte sie sich, daß sie leider dieser Missis Iss eins aufs Dach hätte geben müssen.
Worauf Frau Kau dazwischenrief: »Was ist, wenn man fragen darf, das Dach bei Missis Iss?«
Da sagte Herr Kerr: »Das Dach ist der über den Kopf hinausgeschossene Verstand.«

1930–40

VEILCHEN

nennt der Volksmund das, was im Verborgenen blüht und gut duftet. Dieses hier sind Alpenveilchen, weil sie in Zürich in den Alpen eingetopft sind. Aber sonst sind es echt nordische Veilchen, die blauen, die an Hecken und unter Bäumen wachsen, und die im Herbst blühen.

Wir selbst hatten als Kinder solche kleinen Veilchensträucher im Garten und haben oft daran gerochen. Oh, das riecht gut! Und nun habe ich mich als großer Mensch daran gewöhnt, immer und überall die kleinen Veilchen zu suchen und zu finden, Sommer, Winter, Herbst und Frühling.

Traun, begegnen sie uns nicht überall, die kleinen Veilchen? Blicken sie uns nicht so lieb und treu an aus ihren blauen Kinderaugen? Duften sie nicht still für sich hin und führen ihr violettes Leben voll duftender Bescheidenheit in dieser Frühlingswelt, die lieben, herztausigen Veilchen?

Das alles weiß ich sehr gut, und darum habe ich gepflückt und gepflückt. Manche habe ich auch gleich mit der ganzen Wurzel ausgegraben, die wachsen dann weiter.

Im Merz blühen die meisten Veilchen. Im April nennt man sie meistens Anemonen. Im Mai heißen sie Maiglöckchen, und im Juni Maikäfer. Im Dezember aber blühen sie an kalten Fensterscheiben und heißen Eisblumen.

Lesen Sie, lieber Herr, Frau, Fräulein, das Unzutreffende bitte durchzustreichen, und schreiben Sie mir voll Vertrauen, welches Veilchen bei Ihnen am besten geduftet hat.

Das würde mir ein Schützenfest sein! –

KURT SCHWITTERS, HANNOVER, WALDHAUSENSTR. 5.

1931

Kleines Gedicht für große Stotterer

Ein Fischge, Fisch, ein Fefefefefischgerippe
Lag auf der auf, lag auf der Klippe.
Wie kam es, kam, wie kam, wie kam es
Dahin, dahin, dahin?

Das Meer hat Meer, das Meer, das hat es
Dahin, dahin, dahingespület,
Da lllllliegt es, liegt, da lllllliegt, llliegt es
Sehr gut, sogar sehr gut!

Da kam ein Fisch, ein Fefefefefisch, ein Fefefefefefe-
fefefefefefe- (schriller Pfiff) feFe feFe feFe feFefischer,
Der frischte, fischte frische Fische.
Der nahm es, nahm, der nahm, der nahm es
Hinweg, der nahm es weg.

Nun lllllliegt die, liegt, nun llliegt die Klippe
Ganz o o o ohne Fischge Fischgerippe
Im weiten, weit, im We Weltenmeere
So nackt, so fufu furchtbar nackt.

um 1934

Einfach fabelhaft

Wir können es uns ja leisten, denn was wir uns leisten können, das können wir uns leisten, und was wir uns nicht leisten können, das können wir uns nicht leisten, weil wirs uns nicht leisten können. Zum Beispiel können wir unsere Schuhe auf Leisten schlagen lassen, das können wir uns leisten. Auf unsere Schuhe scheißen lassen, das können wir uns nicht leisten, weil wir uns das nicht leisten können. Aber was wir uns leisten können, das leisten wir uns auch, weil wir es uns leisten können, einfach fabelhaft. Einfach großartig. So was steht einzig da, denn das ist eine ganz große Leistung. Das ist wahr!

1934

Bombenangriff

Irgendwo wütete eine große Schlacht. Im grimmigen Kampf standen sich die feindlichen Parteien gegenüber. Es zuckte und blitzte und polterte, schön wie ein überwältigendes Gewitter. Auf beiden Seiten fielen die Leute wie die Fliegen. Geschrei füllte tausendfach die Luft. Und es war dunkel. Die Dunkelheit bedeckte gnädig die fürchterlich verstümmelten Leichen. Wenn aber die hellen Blitze der Kanonen aufleuchteten, sah man für wenige Sekunden die verzweifelten Menschen, welche irgendwo im Stacheldraht an der Hochspannungsleitung hingen und ihre wahnsinnigen Schmerzen in die Nacht hineinschrien. –
Dort klebte auch mit beiden Händen am Starkstrom ein Mann und versuchte mit aller Kraft, aber vergebens, sich zu befreien. Er dachte nur fortzukommen, immer weiter, aber er konnte ja nicht. Stundenlang währte der Kampf, bis er sich in sein Schicksal ergab. »Und wenn ich hier sterben soll«, dachte er, »so helfe Gott meiner geliebten Marie.«
Zur gleichen Zeit aber war es, als Marie es fühlte, daß ihr geliebter Freund Karl den Tod der Ehre erleiden mußte im Felde. Sie riß das Fenster ihres Zimmers in der vierten Etage auf und schrie ihren Schmerz hinaus über die Dächer wie eine Wahnsinnige. Jedoch keiner achtete auf sie, denn es gab oft solchen Lärm in der Nacht, die Zeiten waren eben außerordentlich bewegt.
Plötzlich vernahm sie seine Stimme in der Luft. »Hörst du mich, Geliebte?«, fragte er. Wie eine eiskalte Hand legte sich ihr ein Schauer aufs Herz. Sie rannte in die Stube zurück, löschte die Lampe aus und legte sich auf ihr Bett. »Du hörst mich nicht?«, fragte er wieder. – »Ja ja, ich höre dich«, sagte sie leise, und mit Zärtlichkeit fügte sie hinzu: »Du bist jetzt bei mir.« – »Warum hörst du mich denn nicht?«, fragte die Stimme wieder verzweifelt.
»Aber ich höre dich doch, ich höre dich«, rief sie jetzt lauter und setzte sich aufrecht. »Marie, Marie«, klang es jetzt laut,

»ich bin tot, ich bin gefallen auf dem Felde der Ehre, tot bin ich. Hör' mich doch, Gott soll dir helfen, ich kann es nicht, ich kann es nicht mehr, ich bin tot.« – Mit einem Ausdruck unbeschreiblicher Innigkeit sagte sie: »Ich danke dir.« Dann aber verschwand die Stimme. »Wo bist du denn?«, rief Marie, »wo bist du? – Karl! – – – Ich höre dich nicht mehr!« Sie lauschte vergeblich. »So soll ich dich lassen? Ich kann es nicht, ich will es nicht. Wenn du nicht mehr lebst, was soll mir das Leben? Komm zurück, sei bei mir, Karl, ich kann nicht mehr ohne dich leben!« –

Die Luft war stumm und blieb stumm. Marie eilte wieder ans Fenster. Die Nacht war abscheulich und schwül wie Blei. Fern rieselte es in der Luft. Da lehnte sie sich weit hinaus und schrie: »Er ist tot, Karl ist tot! Wißt ihr es nicht? Ihr sollt es alle wissen, Karl ist tot!« Sie rief es so laut, daß die Fenster sich öffneten und alle Frauen hinaussahen. »Er ist tot!«, rief sie weiter, »aber ihr lebt!« – »Er ist tot!«, antwortete es stumm. – »Er ist tot«, schrie es nun hier und da. – »Er ist tot«, rief schrecklich ein Chor von Menschen, und keiner ahnte, was dieser Tod für Marie bedeutete. Marie aber breitete beide Hände aus gegen den Himmel, wie wenn sie Geister beschwören wollte. Dann rief sie mit aller Macht ihrer Stimme: »Und ihr alle sollt sterben für ihn!« Dann trat sie hinaus in die leere Luft.

Die Frauen in den Fenstern, die noch eben einen grausamen Fluch auf den Lippen hatten, verstummten. Ihnen fror das Wort im Munde. Marie schritt aber wie auf einem unsichtbaren Pfad durch die Luft, dann eine Treppe hinauf, die man nicht sehen konnte. Zur Seite glimmte wie ein Geländer in leuchtendem Schein ein Licht. Am Himmel aber surrte es plötzlich von feindlichen Flugzeugen, und bald prasselten die Bomben herunter. Die Häuser zerbarsten, und eine riesige Feuersbrunst zerstörte alles. Weit oben aber im rosigen Schein stieg Marie in den leeren Raum, ohne Treppe, und nur das kleine verblassende Licht führte sie.

Oben aber auf der Höhe, wo es am tiefsten ist, wartete Karl.

Marie sah ihn nicht, sie fühlte ihn nur in unbeschreiblichem Glück. Sie fühlte, wie die Wolken sich teilten, wie unbekannte Strahlen sie leiteten, wie sie stand und fiel, ging und schwebte, ihm entgegen, immer näher und immer näher, wie im Plätschern der Fontäne, wie im Schein der Flamme, wie im Strahl des tiefblauen Lichts, wie in der Hand des guten Gottes, den wir alle ehrfürchtig anbeten, weil er alle unsere Zweifel löst.

1935

Aus dem Land des Irrsinns

Einleitung

Wer ein'n Vogel hat, gleicht dem gekrönten Haupte.
Wir alle gleichen im gewissen Sinne einander, wie überhaupt alles in gewissem Sinne ungewiß ist.
Der Mensch gleicht dem Menschen, und zwar gleicht er dem Menschen mehr als z. B. der Katze, als die Katze dem Vogel, als der Vogel der Fliege, als die Fliege dem Flieger.
Wir alle gleichen in gewissem Sinne allem.
Daher gleichen wir auch gekrönten Häuptern.
Warum sollte nun derjenige, der einen Vogel hat, nicht auch gekrönten Häuptern gleichkommen?
Überhaupt die Logik!
»Wenn zwei gekrönte Dreier ihr untereinander gleich sind, dann sind sie auch einem Dritten gleich.« Soweit die Geometrie.
Gleicht doch z. B. der, der keinen Vogel hat, in gewisser Weise auch dem, der wohl einen Vogel hat, der Mensch dem gekrönten Haupte, der Mensch dem Irrsinnigen, der Irrsinnige der Katze, die Katze dem Ei, das Ei der Henne usw.
Und warum etwa sollte dieser Vergleich: »Wer einen Vogel hat, gleicht den gekrönten Häuptern«, nicht hinken?
Hinken doch alle Vergleiche, es gehört zu den Eigentümlichkeiten aller Vergleiche, zu hinken.
Und darum steht wohl fest: »Wer einen Vogel hat, der hat eben einen Vogel.« Da kann man nichts machen.
Gar nichts kann man machen.
Und schließlich haben ja alle Menschen in gewisser Weise einen Vogel. Da kann man auch nichts machen.
Man sollte daher mit Fug und Recht in gewisser Weise von einer Welt des Irrsinns sprechen. Kann man auch, aber hier soll nicht von dieser Welt des Irrsinns die Rede sein, sondern von einem gewissen Land des Irrsinns als der stärksten Gemütsbewegung, deren der Mensch als der selbstbewußte

obere Typ der Tierart ›Affe‹ für fähig ist, ganz unpolitisch natürlich, und um jeden Irrtum auszuschalten, sage ich hier als Verfasser ausdrücklich, daß ich mit keiner Faser meines Gedankens etwa an Irland gedacht habe.
Mein Land des Irrsinns, von dem ich träume, ist gewissermaßen ein Land des Lächelns, weil man doch nicht sagen kann: »Ein Land des Weinens.« Irren ist menschlich, doch nicht alle Menschen verstehen zu lächeln.
Mit diesen Menschen soll hier eine Abrechnung gemacht werden, gewissermaßen eine Abrechnung ohne den Wirt.

1937

Wenn jemand unliniert ist

Wenn jemand unliniert ist, so muß er immer wieder feststellen, daß die Welt liniert ist. Wie ein Zebra ist die Welt in Streifen geteilt, und dabei hat sie doch nur ein einziges Fell. Auf den Linien ist die Welt beschrieben, und dadurch unterscheidet sie sich von dem Zebra, das meistens nur selten beschrieben ist. Das liegt aber wiederum daran, daß man auf Fell schlecht schreiben kann. Wie ein unbeschriebener Briefbogen läuft das arme Zebra nun in der Welt herum, welche im Gegensatz zu ihm von links nach rechts beschrieben ist.

um 1938

Wir leben 25 Minuten zu spät

Wir leben 25 Minuten zu spät, und zwar von rechts gesehen. Von links gesehen leben wir 20 Minuten zu kurz. Zu spät und zu kurz ist unser rechtes und linkes Schicksal. Sieht man uns aber von oben, so sind wir platt wie eine Fibel, sieht man uns von unten, so sind wir hoch wie ein Zylinder. Von vorn betrachtet man unsere Rücksicht und von hinten unseren Bauch, denn den haben wir auch. Schmilzt nun der Schnee zwischen unseren Zehen, so bekommen wir heftige Zahnschmerzen, die erst aufhören, wenn uns die Sonne direkt ins Gehirn scheint. Dadurch entstehen aber die erleuchteten Gedanken, deren einer genügt, um Weisheiten wie diese hier niederzuschreiben.

1938

Eisenbahn

Auf kühlen Eisen
Will ich verreisen,
Auf einer Bank, die rattern tut.
Schischischischischen.
Der Dampf dazwischen,
Das tut den kranken Nerven gut.

Die Passagiere
Sind Wirbeltiere
Und haben weiter keinen Zweck.
Die meisten scheinen
Das nicht zu meinen,
Doch diese wissen einen Dreck.

Am meisten vorne
Auf dem Balkorne,
Da steht ein Mann, der führen kann.
Ditiktatoren
Sind unverfroren
Und geben meist gewaltig an.

1941

Die Nixe
Ballade

Es war einmal ein Mann, der gung
In eines Flusses Niederung.
Der Tanz der grünlich krausen Wellen
Tat seines Geistes Licht erhellen.

Am Ufer gluckste es so hohl,
Wohl einmol, zwomol, hundertmol;
Und auf des Flusses Busen brannte
Ein Glanz, den jener Mann nicht kannte.

Da dachte jener klug und schlicht:
»Ich weiß nicht, doch da stimmt was nicht!«
Und guckte ohne auszusetzen
Auf die verwunschnen Wellenfetzen.

Auf einmal gab es einen Ton,
Und aus dem Wasser hob sich schon
Mit infernalischem Geflimmer
Ein blondes, nacktes Frauenzimmer.

Die hatte hinten irgendwo
Den Schwanz, gewachsen am Popo;
Dagegen fehlten ihr die Beine
Das Mädchen hatte eben keine.

Sie steckte sich in ihr Gesicht
Ein Lächeln, das ins Herze sticht
Und stützte lockend ihre Hände
Auf ihres Schwanzes Silberlende.

Dem Mann am Ufer wurde schwach;
Er dachte: »Oh«, und dachte: »Ach!«
Und ohne groß sich zu bedenken,
Wollt er ihr seine Liebe schenken.

Dem Mädchen in der Niederung
War seine Liebe nicht genung;
Sie winkte, statt sich zu erbarmen,
Dem Mann mit ihren beiden Armen.

Da bebberte der arme Mann,
Wie nur ein Starker bebbern kann;
Und senkte sich mit einem Sprung
Hinunter in die Niederung.

Da sitzt er nun und hat den Arm
Gebogen um der Nixe Charme;
Und wenn ein andrer kommt gegangen,
So wird er ebenso gefangen.

1942

So, so! –

Vier Maurer saßen einst auf einem Dach.
Da sprach der erste: »Ach!«
Der zweite: »Wie ists möglich dann?«
Der dritte: »Daß das Dach halten kann!!!«
Der vierte: »Ist doch kein Träger dran!!!!!!«
Und mit einem Krach
Brach das Dach.

1942

Perhaps strange

The world is full of goods trains
The passengers are cows
And milk and butter.
And cheese and lovely marmelade
And bulls and horses,
And cocks and hens.
The cow is mother to the milk,
And grandma both to cheese and butter.
The cheese is cousin to the marmelade.
The horse is cousin to the cock
The hen lays eggs.
The egg is cousin to the cheese and butter,
The son and daughter of the milk.
Isn't it strange?
It is.

um 1942

Das viereckige Luftloch

Plötzlich war da ein viereckiges Loch in der Luft. In diesem Loche saß eine Lehrerfamilie. Sie spielten ›Radfahren‹. Ein merkwürdiges Spiel. Zwei Familienmitglieder saßen immer auf einem Fahrrade, der eine vorwärts, der andere rückwärts. Je nachdem, oder vordessen nun der eine oder die andere stärker trat, bewegte sich das betroffene Fahrrad vorwärts oder seitwärts. Ziel des Spieles war es, sich gegenseitig durch völlige Vernichtung unkenntlich zu machen. Man nannte das ›Überwucherung‹. Im geeigneten Augenblicke prallten die Parteien gegeneinander los. Das heißt, die rückwärtigen Radfahrer wichen seitlich aus, während die vorwärtigen mit aller Kraft gegeneinander loszielten. Das ging dann eine Weile gut, dann aber waren beide vorwärtigen Mitglieder tot und fielen um. Schnell sprangen nun die rückwärtigen nach vorn und übernahmen die tote Partei der vorwärtigen. Durch wiederholte Anpralle wurden nun die Toten wieder lebendig und übernahmen die ausweichende Tätigkeit der ehemals rückwärtigen Mitglieder, wodurch natürlich diese starben. Nun begann das Spiel mit vertauschten Rollen wieder von vorn, und es währte in alle Ewigkeit wie immer bei Spielen.
Plötzlich schloß sich das Luftloch wieder, und die spielende Lehrerfamilie verschwand und war verspielt.

1942

Die Schneewigkeit

Wenn die glühkalte Schneewigkeit zirpt, Belladonna im Knopfloch puffmunkeln die Blumen, zerzirpen in Tuben, von rechts, von unten, und auch von der Mitte. Pich pfiff perlogierte der Generalvertreter der Aktiengesellschaft im linken Bein. Jawohl, im linken Bein. Ich sage ausdrücklich, im linken Bein, denn rechts kann er es nicht, rechts darf es nicht sein, rechts soll es nicht sein ... und dabei war es rechts. ––

In der Mitte des langen, grünlichen Geschlechts, wo die Waden vom Unterleib bis zum dreigeteilten Zeitvertreib quellen, die Kirchenuhr in der Hosentasche geht er einher, ein gute Wehr und Waffen, die uns jetzt hat betroffen, singt klein, schnalzt klein, mit seinem linken Bein, und läßt es schließlich wieder sein.

Dann kommt der gelbe, ungesalzene Stolz, aus Perfinn und grobem Holz, innen unverblümt, außen aus Mahagoni, in der linken Ferse einen Gummiring.

Mit diesem Gummiring als Lorgnon zerschlitzt er seinem Vordermann das grüne Auge, so daß er auf der einen Seite chinesisch wird. Rührt man nun mit dem anderen Auge die Kirchenuhr von der Tasche ins Knopfloch und die Belladonna in die Bleitube, so platzt die Kunstgewerbeschule und ist auf der Stelle tot.

Mit Toten aber haben piep die Lebendigen keine Gemeinheit im Schaft; daher die Kluft, die klafft.

1942–45

What a b what a b what a beauty

What a b what a b what a beauty
What a b what a b what a a
What a beauty beauty be
What a beauty beauty be
What a beauty beauty beauty be be be
What a be what a b what a beauty
What a b what a b what a a
What a be be be be be
What a be be be be be
What a be be be be be be be a beauty be be be
What a beauty.

1944

Sie puppt mit Puppen

Die Puppen puppen mit kleinen Puppen,
Die kleinen Puppen puppen mit winzigen Puppen,
Die winzigen Puppen puppen mit Püppchen,
Die Püppchen puppen mit kleinen Püppchen,
Die kleinen Püppchen puppen mit winzigen Püppchen,
Die winzigen Püppchen puppen,
Keiner puppt mit ihr.
Ah, Du meine Puppe,
Meine süße Puppe,
Mir ist alles schnuppe,
Wenn ich meine Schnauze
Auf die Deine – bauze.
Püppchen Schnüppchen
Puppe Schnuppe
Schnuppe bauze.
Die Bäuzchen, Püppchen, Puppenfraun
Sie machen nur noch schnauze bauze.

1944

Opinion

Opinion
Par Avion
Onion opinion
Par Avion
Herbert Read
Naoum Gabo
Tuntagrö
Nelly
My dear friend
Par Avion
I am so glad
Par Avion
Aa vee I ou ennenn
I ou enn
ou enn
enn
London

1946

Die Wut des Niesens
The Fury of Sneezing

Tesch
Haisch
Tschiiaa
Haisch
Tschiiaa
Haisch
Happaisch
Happapeppaisch
Happapeppaisch
Happapeppaisch
Happapeppaisch
HAPPA PEPPE TSCHA!

Fassung 1946

PIN

A fancy
A thing of fan
The right thing of phan
World needs new tendencies in poeting and paintry
Old stuff is not able to lead further on
Muses ought to be whisked, when mankind will survive
In the very war creative whisky is fallen very dry
We will develop whisky spirit, because we see it with our ears
and hear with our eyes
Our phantic drsls and rlquars are full of whisked away formal
life
They overwhelm »modern poetry« by their new taste
Their phantic contents are so direct, that they are placed
above the meanings of language at all
Language is only a medium to understand and not to
understand
You prefer the language, when you understand by it things,
which everybody knows by heart already. We prefer
the language, which provides you a new feeling for
new whiskers to come
Give up your human feelings and please go through our fan
pin and you will know, that it was worth while.

PIN
The thing of phan – fan

1946

Der Schürm

»Ich habs mir ja gleich gedacht, aber wer denkt denn auch gleich an sowas. Denn vierzig Jahre bin ich verheiratet gewesen, acht Jahre ist der nun schon tot, und zwei Jahre vor meiner Ehe habe ich mir den gekauft, und wenn der fünfzig Jahre in einem

BOGEN

hält, dann kann der doch nicht auf einmal abbrechen, und BUMMS bricht der ab!
Das geht mir ja nicht in den Kopf hinein,
Da kann man ja zuviel bei kriegen,
Da kann man ja verrückt bei werden,
Sowas ist mir ja in meinem Leben noch nicht passiert,
Und möge mir nicht wieder vorkommen,
Davor möge mich ein gutes Geschick davor bewahren.«
Aber ich habe zu mir gesagt: »Wenn ich nun zu dem zurückgehe und sage:
Ich habs mir ja gleich gesagt, denn warum hätte sonst das Messer da gelegen; aber wer denkt denn auch gleich an sowas! Denn vierzig Jahre bin ich verheiratet gewesen, 2 Jahre ist mein Mann nun schon tot, Gott hab ihn selig, und acht Jahre vor meiner Ehe habe ich mir den gekauft. Und wenn der fünfzig Jahre in einem

BOGEN

hält, ohne abzubrechen, denn kann der doch nicht auf einmal abbrechen, das können se sich doch wohl selber sagen, und

BUMMS

bricht der ab.
Das geht mir ja nicht in den Kopf hinein,
Da kann man ja zuviel bei kriegen,
Da kann man ja verrückt bei werden,
Sowas ist mir ja in meinem Leben noch nicht passiert,
Und möge mir nicht wieder vorkommen,
Da möge mich ein glückliches Geschick davor bewahren.«

Wissen Sie, was der dann gesagt hätte? »Ich habe den nicht angesägt, denn wir sind eine anständige Kneipe. Denn bei uns da liegen die Messer auffm Tisch beis Besteck, oder untern Tisch inner Tischschublade, aber nich inner Fensterbank. Ich habe den nicht angesägt, das können sesich doch wohl selber sagen.«

Darum bin ich gleich zus Gericht gegangen und habe gesagt:

»HERR RICHTER!

Der hat den angesägt, denn warum hätte sonst wohl das Messer da gelegen? Ich habs mir ja gleich gedacht, aber wer denkt denn auch gleich an sowas. Denn vierzig Jahre bin ich mit dem seligen Feuerheuer verheiratet gewesen, Gott hab ihn selig, mit dem ich vierzig Jahre verheiratet gewesen bin. 8 Jahre ist mein Mann, der selige Feuerheuer, nun schon tot, mit dem ich in vierzigjähriger Ehe glücklich und zufrieden verheiratet gewesen bin, oder waren es zwei Jahre, Gott hab ihn selig. 2 Jahre, oder auch 8 Jahre vor meiner glücklichen Ehe mit dem seligen Feuerheuer hab ich mir den gekauft. Gott hab ihn selig.

UND BUMMS BRICHT DER AB

Das geht mir gar nicht in den Kopf hinein, denn früher da wurden die Schirme doch noch solide gearbeitet, nicht so wie die schlechten Schirme heute, die immerzu abbrechen.

UND BUMMS BRICHT DER AB:

Das geht mir ja nicht in den Kopf hinein,
Da kann man ja verrückt bei werden,
Da kann man ja genug bei kriegen,
Sowas ist mir ja im Leben noch nicht passiert,
Und möge mir nicht wieder vorkommen,
Davor möge mich ein glückliches Geschick bewahren.«

Wissen Sie, was der Richter da sagt?
»Gute Frau«, sagt er, »Gute Frau, da müssen Sie nach Burgwedel mit gehen, da sind wir ja gar nicht zuständig.«
Da bin ich nach Burgwedel gegangen und habe zu dem Richter da gesagt:

»Herr Richter, der hat den angesägt, denn warum hätte sonst wohl das Messer da gelegen.«
Wissen Sie, was der Richter da sagt?
»Ja, wer hat den angesägt, wer?«
»Nun, der Wirt hat den angesägt. Wird denn wohl nicht eine alte Frau ihre Tasse Kaffee trinken können, die sie sich ehrlich verdient hat?«
Wissen Sie, was der Richter da sagt?
»Ja, wen hat denn der Wirt angesägt?«
»Wen? Wen der Wirt angesägt hätte? Nun den Schirm – Denn früher, da wurden die Schirme ja wohl solide gearbeitet, nicht so wie die schlechten Schirme heute, die immer abbrechen.«
Und bumms bricht der ab!
»Denn vierzig Jahre bin ich mit dem seligen Feuerheuer verheiratet gewesen. Acht Jahre ist mein Mann nun schon tot, Gott hab ihn selig, und zwei Jahre vor meiner Ehe mit dem seligen Feuerheuer da habe ich mir den seligen Schirm gekauft. Und wenn son Schirm fünfzig Jahre in einem Bogen hält, ohne abzubrechen, dann kann son Schirm doch nicht plötzlich auf einmal abbrechen. Das können Sie doch wohl selber sagen. Denn früher, da wurden die Schirme doch noch solide gearbeitet, nich so wie die schlechten Schirme heute, die immerzu abbrechen.

UND bumms bricht der ab!

Das geht mir ja nicht in den Kopf hinein,
Da kann man ja zuviel bei kriegen,
Da kann man ja verrückt bei werden,
Sowas ist mir ja in meinem ganzen Leben noch nicht passiert,
Und möge mir nicht wieder vorkommen,
Da möge mich ein gutes Geschick davor bewahren.«

Wissen Sie, was der Richter da sagt?
»Gute Frau«, sagt er, »Gute Frau, ich kaufe Ihnen auf Gerichtskosten einen Neuen.«
»ICH BIN KEINE GUTE FRAU!«, sage ich da,

»Ich will ihren neuen Schirm nich,
Dazu sind wir Kinder zu gut erzogen.
Das kann ich ja garnicht verlangen.
Da hab ich ja garkein Recht drauf!
Das ist ja Schiebung, Sie Schieber!
Sie sind ja ein Schieber, Sie Schieber!
Aber der soll mir den reparieren lassen.
Das kann ich verlangen,
Und ich bestehe auf mein Recht!«
Und es kommt zum Process.
Und da sage ich:
»Der hat den angesägt, denn warum hätte sonst wohl das Messer da gelegen. Ich habs mir ja gleich gedacht, aber wer denkt denn auch gleich an sowas. Denn – vierzig Jahre bin ich mit dem seligen Feuerheuer ......«

Wissen Sie, was der Richter da sagt?
»Danach sind Sie ja garnicht gefragt.«
Und da sagt der zu dem Wirt:
»Herr Wirt, haben Sie ihr Messer in der Fensterbank zu liegen gehabt?«
»Ich«, sagt der Wirt, »ein Messer in der Fensterbank zu liegen gehabt? Das kommt ja garnich in Frage, denn wir sind eine anständige Kneipe. Denn bei uns, da liegen die Messer auffm Tisch beis Besteck, oder unterm Tisch inner Tischschublade, aber doch nich in der Fensterbank. Und wenn da ja ein Messer inner Fensterbank gelegen hat, so hat doch die Frau nich ihren Schirm davorgestellt, und wenn die Frau da ja ihren Schirm davorgestellt hat, denn habe ich ihn doch nich angesägt. Das können Se sich doch wohl selber sagen.«

Wissen Sie, was der Richter da sagt?
»Herr Wirt«, sagt er, »Herr Wirt, Sie verstricken sich in Widersprüche, weil ich aufen Armenschein klage, Sie haben den angesägt, denn warum hätte die Frau Sie sonst überhaupt verklagt, und Sie müssen den reparieren lassen, denn warum haben Sie den angesägt.«

Und der hat den reparieren lassen müssen. Und nun frage ich Sie, glauben Sie, daß der den angesägt hat. Denn warum hätte sonst wohl das Messer da gelegen?

1946 (letzte Fassung)

Obervogelsang

Ii
Üü
Aa
P'gikk
P'p'gikk
Bekke Dii kee
P'p'bampédii gaal
Ii Üü Oo Aa
Brr
Brekke Dii Kekke
Ii Üü Oo ii Aa
Nz' dott – Nz' dott
Doll
Ee
P'gikk
Lempe Dii Krr
Gaal
Brii Nüü Aau
Ba Braa

um 1946

III Manifeste
Sturm – Dada – Merz

AUFRUF! (ein Epos)

Was ist ein Abstinent? V-N-N-V

Kein anderer Beruf ist so eng mit dem Laufe der Jahreszeiten verknüpft.

Abstinent kann männlichen und weiblichen **Geschlechts** sein. Das letztere hat mehr Anlage dazu.

(FACHTIERARZT für HUNDEKRANKHEITEN.)

KU Quarzlampenbehandlung („Höhensonne".) Elektrotherapie — **Kupieren in Narkose** *Sprechzeit 10—12* ⚙ **KU KU**

[Zweigniederlage Berlin.]

Insbesondere wird Wert gelegt auf reifes politisches Urteil, hervorragend gewandte, klare und fesselnde

AusdrucksForm

Der hannoversche MALER Kurt Schwitters veröffentlicht in der Zeitschrift „DER STURM" nachstehende Dichtung:

und die Fähigkeit, den Ereignissen auf dem Fusse folgend alle Tagesfragen in leitenden Artikeln in erschöpfender und formvollendeter Weise zu behandeln. (LÄRM LINKS.)

An ANNA BLUME!

(Name und Verpackung gesetzlich geschützt.) (D. R. P. MERZ?) (D. R. G. M.)

////////////////// **ARBEITER!**

Je mehr die Untersuchungen und Veröffentlichungen über den Weltkrieg die verbrecherischen Taten des alten Regimes dem Volke zum Bewusstsein bringen (Gottverdammter Mistbauer, kannste nich hören?), desto frecher erhebt die Reaktion, die heute in der Deutschnationalen Volkspartei verkörpert wird (O, dit is een widerlichen Menschen, isses!), ihr Haupt. Ich ersehe darin den aus dem Innersten kommenden Ausdruck des Entschlusses aller vaterländischen Kreise, die Schwere dieser Zeit gemeinsam zu tragen (Zurück zur einsamen Mutter Roma!), bis das Bittere der uns auferlegten Prüfung überwunden ist. (Militärdiktatur.) Angebote und Stilproben aus der letzten Zeit, Lebenslauf und Bild erbeten. (Der Verkehr wird durch Umsteigen aufrecht erhalten.)

(Es wird das Jahr stark und scharf hergehen.)

Die Menge versperrte die Strassen, und der Kraftwagen wurde in wenigen Minuten von der Menge angehalten, wobei beide Lokomotiven stark beschädigt wurden.

O du, Geliebte meiner siebenundzwanzig Sinne, ich liebe dir!
Du deiner dich dir, ich dir, du mir. — Wir?

(Die letzte Kraftanspannung der Bolschewisten.) Sechs Zugbeamte wurden verletzt, darunter drei erheblich, und immer wieder erscholl der Ruf: „Hoch Hindenburg!“ und „Hoch Ludendorff“ und „Nieder mit der Reaktion“!
(Das gehört beiläufig nicht hierher.)
Die Anwesenheit des Feldmarschalls und die Achtung vor diesem Manne sollen das FEUERCHEN abgeben, an dem DAS nationalistische Süppchen zum Sieden gebracht wird. Der Personenverkehr wird durch Umsteigen aufrecht erhalten. (Guten Appetit!) ICH FLETSCHE Eisbeine.

(Stürmische Pfuirufe.)

In diesem Augenblick schwang sich (La morale est l'épine dorsale des imbéciles.) ein Student auf das Trittbrett und rief: „Strassen versperren! Wie während des ganzen Krieges, so gilt auch heute mein ganzes Denken des Vaterlandes Zukunft. Die erste Annahme, dass falsche Weichenstellung vorliege, hat sich als irrig erwiesen. Es ist Zeit, dass die Schweinereien im Kinowesen aufhören. Wer bist du, ungezähltes Frauenzimmer? Wir wollen sie wecken! Du bist. — Bist du? — (Ehrabschneiderei.) Lass sie sagen, sie wissen nicht, wie der Kirchturm steht. (Glissando.)

Seriöser Herr, welcher sehr gut Klavier spielt, findet dauerndes sehr behagliches HEIM bei einz. älterer DAME in schöner Wohnlage.

Wir wollen sie wecken!

WIR WOLLEN SIE WECKEN!

Die grosse Zahl an Toten und Verwundeten ist zweifellos darauf zurückzuführen, dass in dem Zuge, wie gewöhnlich, auch eine grosse Anzahl Schmuggler sich befanden, die in Blechdosen und am ganzen Körper verborgen **96** prozentigen Spiritus bei sich führten.

Keine kalten Umschläge!

Aber man muss die Ohren steif halten, und jeder, der Ehre und Liebe fürs Vaterland hat, muss alles daran setzen, um der Arbeiterschaft ein sozialistisches Weihnachtsgeschenk in den Schoss zu legen. Sie werden es nie begreifen. Inzwischen hatten vor dem Reichstagsgebäude etwa 100000 Personen Aufstellung genommen. (Wenn sone Geige angewärmt is, denn gehtse besser.) Schüler, Studenten und andere radaulustige Elemente werden zu unerlaubten nationalistischen und monarchistischen Strassendemonstrationen veranlasst. (Also Fritz, nun rede keinen Ton weiter!) Lebhafter Beifall rechts, Zischen links und im Centrum. Du trägst den Hut auf deinen Füssen und wanderst auf die Hände, auf den Händen wanderst du. (Wissenschaftliche Forschungsergebnisse.) Dieses Wort Friedrichs des Grossen müssen wir uns mehr denn je vor Augen halten, in vielen Millionen von Bänden verbreitet, in keiner Familie dürfen dieselben fehlen. Denn der, der; die, die; da da goldet Glotur.
Plötzlich sprang ein Student auf ein Automobil und hielt eine Rede des Inhalts, dass man um keinen Preis Deutschlands grössten Feldherrn wie einen dummen Jungen vor dem Ausschuss verhören lassen dürfe. Schul- und Polizeibehörden scheinen zu schlafen. Hallo deine roten Kleider, in weisse Falten zersägt. (Kleider, die sich zur Einsegnung eignen.) Rot liebe ich Anna Blume, rot liebe ich dir! — Du deiner dich dir, ich dir, du mir. — Wir? — Er schloss mit einem Hoch auf den Kaiser. Der Abstinent will immer des Bruders Hüter sein und bläst, wo's ihn nicht brennt. Das gehört beiläufig in die kalte Glut. Die Menge sang: „Heil Dir im Siegerkranz.“

ARBEITER! Parteigenossen! erscheint in Massen zu unseren Kundgebungen gegen die reaktionäre alldeutsche Hetze für Republik und Demokratie. **Nieder mit der Revolution!** — Die Verluste Deutschlands bis zum 31. Oktober 1918 betragen 60 Tote und 113 Verwundete. 21 Tote sind bisher geborgen. Die Toten und Verwundeten stammen meist aus der Gegend von Ratibor, zum Teil sind es auch bekannte Schmuggler. In diesem AUGENblick KAM der Generalfeldmarschall heran. Ernst und schwer ist die Zeit, aber weiterkämpfen und wirken müssen wir mit allen Kräften bis zum ehrenvollen Ende.

DIE ANGESEHENSTEN MITARBEITER

bürgen dafür, dass auch der Inhalt dieses Jahres abwechslungsreich und lebendig gestaltet wird. Die Menge umdrängte das Auto und brach in begeisterte Hochrufe aus:

Rote Blume, Rote Anna Blume, wie sagen die Leute? Der Generalfeldmarschall lehnte sich aus dem Fenster und rief der begeisterten Menge zu:

Preisfrage.

1. Anna Blume hat ein Vogel.
2. Anna Blume ist rot.
3. Welche Farbe hat der Vogel?

Wenn Sie die Kollektion noch nicht haben sollten, schreiben Sie sofort, damit wir Ihnen dieselbe zusenden. In diesem Augenblick wurde die Versammlung von der Sicherheitswehr aufgelöst. Engros zu beziehen durch sämtliche Drogenhandlungen. (Ich kann mich auch mal irren, aber in diesem Falle ist ein Irrtum ausgeschlossen.)

Ich danke Ihnen für die Huldigungen, aber jetzt muss ich nach Hause, ich habe zu arbeiten. Blau ist die Farbe deines gelben Haares.

Darauf fuhr das Auto davon.

Ein unheimliches Bild boten einige der Insassen, denen es gelang, aus dem Zuge zu springen, die aber infolge des bei Ihnen verborgenen Spiritus in Brand gerieten und nun als lebende Fackeln auf den Feldern herumrasten, bis sie zusammenbrachen.

Die „Jungfrau" weiss in allen dich interessierenden Dingen Bescheid; sie ist unerschöpflich in Unterhaltungen und Spielen. In unserem Vaterlande gibt es eine Monatsschrift für Kultur und Künste, die sich „Der Sturm" nennt. Mit voller Wucht stürmen die Feinde immer aufs neue gegen unsere Front, jedoch ohne die gewollten Erfolge. In dieser Zeit, wo soviel Zündstoff aufgespeichert liegt, sollte man sich vor jedem Funken hüten. Es wird kein Mensch daran zweifeln, dass die in erster Linie für Hindenburg veranstalteten Ovationen durchaus spontan und keine umstürzlerischen Programmnummern sind. Die „Jungfrau" will dich lehren, selbst eine brave deutsche Jungfrau zu werden. Lokalpatrioten wird schwarz vor den Augen bei dieser Nachricht. Der Historiker ist ein Utopist. Einige, namentlich geklebte, sind nur geschmackvoll, ohne die Zerquetschten. An alles dieses müssen wir denken, wenn jetzt das Vaterland zur 9. Kriegsanleihe ruft. (Rot ist das Girren deines grünen Vogels.) Es geht ums Ganze, um Sein oder Nichtsein unseres Vaterlandes. Auch der Martinstag ist solch ein alter deutscher Kalendertag. Du schlichtes Mädchen im Alltagskleid, du liebes grünes Tier, ich liebe dir! Du, deiner, dich, dir, ich dir, du mir. — Wir? Daher muss jeder Kriegsanleihe zeichnen.

„DIE JUNGFRAU" sammelt allwöchentlich einen frohen Kreis junger Mädchen um sich zu einem Plauderstündchen. (Das soll man garnich sagen!) Da es sicherlich nicht viele gibt, die diese Art von Kunst und Kultur begreifen (Gerade diese Butzemänner.), so erkennt man unschwer, wie weit die Welt (Da kann man aber albern bei werden.) unter dem Niveau der Futuristen, Kubisten, Dadaisten und anderer Isten steht. Der Abstinent ist intolerant und will die Welt zu dem bekehren, was ihm die Gelehrten in den Kopf gesetzt haben, und was bei ihm zur fixen Idee geworden ist. Dieser explodierte und verursachte Brände. Die Toten sind stark verkohlt, zum Teil bis zur Unkenntlichkeit verbrannt. (Das gehört beiläufig in die Glutenkiste.) Die „Jungfrau" handelt sich immer wieder und nur allein um die Nutzbarmachung des Bodens für unsere Ernährung. (Konservierungsmethoden.) Als vermisst werden 260 000 Mann gemeldet, wovon aber ein grosser Teil ebenfalls nicht mehr unter den Lebenden weilen wird. (Der Ackerbau ist des Landmanns Arbeit.) Ueber 6 Millionen Menschen sind der Grippe zum Opfer gefallen. Die scheinen ihre Gedichte grundsätzlich so zu fassen, dass mann sich nichts dabei denken kann. (Bitte?) Das ist der Fehler!

Der Abstinent hat in der Regel eine gemeine, robuste Gesundheit, und seine Kinder sind noch gesünder.

Die „Jungfrau" verhilft entfernt wohnenden Jungfrauen zum Briefwechsel und gibt auf jede Frage eine Antwort.

Der Abstinent will immer lesen. Dadurch nistet sich seine Idee immer fester ein.

Die „Jungfrau" will dir in ernsten und heiteren Stunden zur Seite stehen, sie will dir beistehen, deinen lieben Eltern Freude zu bereiten.

Der Abstinent ist ansteckend. (Ia Kriegsgewinnlerfleisch in Form von Mettwurst.)

Die „Jungfrau" hat schon eine stattliche Zahl von Jungfrauen um sich versammelt und ladet auch dich ein, als frische Jungfrau in deren Reihen einzutreten. (In 8 Tagen bekomme ich eine bessere Leiche.) Sonst ist dem

Abstinenten
nichts Ehrenrühriges nachzusagen.

Leider!

Die Teilnehmer ordneten sich draussen zu einem gewaltigen Demonstrationszuge. Anna Blume, Anna, A-N-N-A, ich träufle deinen Namen. Dein Name tropft wie weiches Rindertalg. Dort fanden die Demonstranten die Strasse gesperrt. Sie erzählt ihnen wundernette, hübsche Geschichten und gedankentiefe Märchen und entrollt in wechselndem Gewande Bilder aus Kunst und Natur, vom Ernst und der Freude des Lebens. Sie begaben sich darauf vor das Reichsfinanzministerium, brachten Pfuirufe auf Erzberger aus und sangen schliesslich „Heil dir im Siegerkranz" und „An Anna Blume."
Nach getaner Arbeit die geistige Erholung. Weisst du es, Anna, weisst du es schon, man kann dich auch von hinten lesen, und du, du Herrlichste von allen (abrupt), du bist von hinten, wie von vorne: „A-N-N-A". Verlangen Sie zur Ansicht, ohne Verbindlichkeit, franko gegen franko, Muster! Über die Streiklage selbst meldet unser Berliner R-Korrespondent, dass sie sich entschieden gegen vorgestern gebessert hat. Wegen Aufgabe des Artikels verkaufe, solange Vorrat reicht, in prima Sattlerware. Rindertalg träufelt streicheln über meinen Rücken. In Rücksicht auf den Belagerungszustand bitte ich jedoch von weiteren Kundgebungen absehen zu wollen. (Aufhebung des roten Vollzugsrates.) Sie geleitet solcherweise ihre Getreuen schwesterlich durch die Mädchenjahre hindurch, lehrt hier begreifen, dort bewundern, ermuntert dazu, die eigenen Geistesgaben im Sinne des Schönen und Guten zu erziehen und zu vertiefen. Anna Blume, du tropfes Tier, ich liebe Dir! (Das Lieblingsblatt der Mädchenwelt.)

Seriöser Herr, welcher sehr gut Klavier spielt, findet dauerndes sehr behagliches HEIM bei einz. älterer DAME in schöner Wohnlage.

Kurt Schwitters

1921

1 Die Merzbühne

Die Merzbühne dient zur Aufführung des Merzbühnenwerkes. Das Merzbühnenwerk ist ein abstraktes Kunstwerk. Das Drama und die Oper entstehen in der Regel aus der Form des geschriebenen Textes, der an sich schon, ohne die Bühne, als geschriebener Text ein abgerundetes Werk ist. Bühnenbild, Musik und Aufführung dienen nur zur Illustration dieses Textes, der selbst schon eine Illustration der Handlung ist. Im Gegensatz zum Drama oder zur Oper sind sämtliche Teile des Merzbühnenwerkes untrennbar mit einander verbunden; es kann nicht geschrieben, gelesen oder gehört, es kann nur im Theater erlebt werden. Bislang unterschied man zwischen Bühnenbild, Text und Partitur bei den Vorführungen im Theater. Man bearbeitete jeden Faktor einzeln und konnte ihn auch einzeln genießen. Die Merzbühne kennt nur die Verschmelzung aller Faktoren zum Gesamtwerk. Materialien für das Bühnenbild sind sämtliche feste, flüssige und luftförmige Körper, wie weiße Wand, Mensch, Drahtverhau, Wasserstrahl, blaue Ferne, Lichtkegel. Man verwende Flächen, die sich verdichten, oder in Gewebe auflösen können, Flächen, die sich vorhangartig falten, sich verkleinern oder erweitern können. Man lasse Dinge sich drehen und bewegen und lasse Linien sich zu Flächen erweitern. Man schiebe Teile in das Bühnenbild hinein und nehme Teile heraus. Materialien für die Partitur sind sämtliche Töne und Geräusche, die durch Violine, Trommel, Posaune, Nähmaschine, Ticktackuhr, Wasserstrahl usw. gebildet werden können. Materialien für die Dichtung sind sämtliche den Verstand und das Gefühl erregende Erlebnisse. Die Materialien sind nicht logisch in ihren gegenständlichen Beziehungen, sondern nur innerhalb der Logik des Kunstwerkes zu verwenden. Je intensiver das Kunstwerk die verstandesmäßig gegenständliche Logik zerstört, um so größer ist die Möglichkeit künstlerischen Aufbauens. Wie man bei der Dichtung Wort gegen Wort wertet, so werte man hier Faktor gegen Faktor, Material gegen Material. Man kann sich das Bühnenbild etwa in der Art eines Merzbildes vorstellen. Die Teile des Bildes bewegen und verändern sich, und das Bild lebt sich aus. Die Bewegung des Bildes vollzieht sich stumm, oder begleitet von Geräuschen oder Musik. Ich fordere die Merzbühne. Wo ist die Experimentierbühne?

1919

Das große Dadagluten
(Eine Leichenfeier.)

Glut blutet Gluten bluten Blut. Merz grünen Sturm hinan die Uhren. Der Kirchturm türmt ein Wüstling krallen Krallen. (Übrigens versteht sich das ja ganz von selbst.) Krallen bergauf Krallen Wüstling Krallen, lalla du. Dar. Schwappen Fische kollert lamagoss (es ist nämlich heute Kaisers Geburtstag) Fisch blättert innen sanft Meer Zeppeline. Rasen rasen rasen – Meer rasen Fische Lüfte Zeppelin. Das Täubchen tröpfelt Tropfen. (Wo?) Tropfen streifen Bündel mitteball. (O Anna Blume, du geliebtes Wesen, hast du je so etwas gelesen?)
Zu groß ist meine Leiche, in der Nacht – bröckelt bröckelt bröckelt – zu groß ist meine Leiche, Wasser peitschen Tal entsanft – bröckelt bröckelt bröckelt – zu groß ist meine Leiche, Riesen wölben Dom entzwei – bröckelt bröckelt bröckelt – zu groß ist meine Leiche, Kalliostro's Totenhemd – bröckelt bröckelt bröckelt – zu groß ist meine Leiche, Waisen armenhelf – bröckelt bröckelt bröckelt – zu groß ist deine Leiche, Alves Bäsenstiel – Besen Besen Besen – zu groß ist deine Leiche Alves Räder rieder – Besen Besen Besen – zu groß ist deine Leiche (glaubst du das?) Hinten fangen Fische Mäuse.
Es ist nämlich eine merkwürdige Begebenheit. Begebenheit ist merkwürdig, nämlich. Würdige Merkheit, nämlich begebenswürdig. Sehr, sehr begeben – würdig – Fische lallen oho oho, Eisenbahnen fliegen Rundschweif vorn in der Luft, von hinten zuerst, Eisenbahnen fahren von hinten und von vorn. Hast du nie eine Lokomotive von hinten fahren sehen? Hast du nie eine Eisenbahn von hinten in der Luft fahren sehen? (Luftfahrerdank.) – Es gibt nur eine Möglichkeit: »Senkt euch nieder, senkt euch nieder wider die Gefieder.«
Die Sache liegt nämlich so: Dada ist die große Wurzel aller kleinen Wurzeln. Geheimnis überdrahtet unterwühlen Gluten. (Von hinten) – Dada ist das kleine Würzelchen, das

Fäserchen der großen Gnade. (ich schreibe nämlich in einem Zustand der Erleucht-tung) Dada ist die große heilige Welle, die von Dada zu Dada flutet. In Dada Dada flutet Strom um Dada. Um Dada dadat Dada Dadadat dada – (für alle die es noch nicht wissen sollten.) – In Dada Dada Dada Dada Dada, Dada Dada Dada Dada Dada. – In Dadadadadadadadadada-dadadadadada dddadadadadadadadadadadadadadadada dadadadadadada.

Hochachtungsvollst
Aanna Blume (das
so einfach liegt die Sache doch noch nicht.)

Zunächst lerne man die Dadadegie bei r. hausmann, damit man Dada dadadada degieren kann. Sodann beachte man (das gehört aber wirklich nicht hierhier.) Der Kirchturm ist nämlich sehr steil. Und oben stachelt Fisch in der Peitscheluft. Blank stachelt Luft in der Peitsche fisch. Schlank fischt der Stachel/Luft auf Luft gepeitscht. (das kann die verwestesten Knoten geben.) Dank stachelt schlank in der Peitschestank. Mein Herr ich glaube, du bist krank; doch das ist wenig von Belang. Und der Kirchturm zerwogen Merz baumelt links. Glut blutet Gluten bluten Blut. –
Hallo, deine roten Beine!

1920

WÄHLT ANNA BLUME

M. P. D.

Aus der Agitation für die Reichstagswahl 1920; aus der Hannoverschen Presse.
M. P. D. = Merz-Partei Deutschland
M. P. D. = Mehrheits-Partei DADA
Merz-Partei Deutschland = Mehrheits-Partei DADA *(K. S.)*

1920

Was Kunst ist; eine Regel für große Kritiker

Kunst ist die Nachahmung der Natur. Je intensiver die Nachahmung ahmt, desto größer ist die Kunst. Es gibt nämlich große und kleine Kunst, auch mittelmäßige. Nämlich die mittelmäßige Kunst schafft ein Mittel, das mäßig ist (das gehört beiläufig nicht hierher). Oder die mittelmäßige Kunst hat die Mittel dazu, etwas Mäßiges zu schaffen. Die Plastik kommt der Natur näher als die Malerei. Daher ist die Plastik die größere Schwester der Malerei. Innerhalb der Plastik gibt es natürlich verschiedene Grade der Größe von Kunst, und zwar ist diejenige Plastik die größere, die nun nicht etwa dem Umfange nach die größere wäre (allerdings ist auch der Umfang ein Kunstfaktor, besonders bei edlem Material), sondern diejenige, welche die größte Naturnähe besitzt. (Man muß nur konsequent denken.) Hier wäre die Materialfrage anzuschneiden (Material ist nämlich Wurst). Für die Darstellung der menschlichen Haut ist natürlich das beste Material farbiges Wachs, rosafarbiges. Es verleiht dem Fleisch (das Wachs nämlich) eine Transparenz, als obs de lebst. Man vermeide es sorgfältig, auch den Anzug des Modells in Wachs zu modellieren. Denn erstens wirkt das Wachs zu transparent für Zeug, und das schickt sich nicht, und zweitens läßt sich der Anzug am besten durch wirkliches Zeug nachahmen. Die wirklich großen Plastiker haben schon längst das einzig richtige Verfahren erkannt. Sie bauen zunächst das Gerüst aus wirklichen Knochen auf. (Talentlose Imitatoren machen sich ein Eisengerüst). Dieses Gerüst umkleiden sie mit Wachs in der Form von Muskeln (Fleisch, siehe Anatomie). Jedoch nun machen selbst die ziemlich großen Künstler den unbegreiflichen Fehler, auch das Zeug zu modellieren, und zwar meistens in Pappjemaschee. (Knetbare Papiermasse.) Das ist grundfalsch. Richtig ist einzig und allein, den richtig modellierten Akt mit wirklichem Zeug zu umkleiden. Es gibt in dieser Hinsicht wirklich mustergültige Schaufensterdekorationen, besonders in Modewarenhandlungen. Diese Methode hat die größten Vorteile. Zunächst kann man sich jederzeit und zwanglos überzeugen, ob der Akt auch richtig modelliert ist. Dann aber, und dieses ist besonders wichtig, kann man je nach dem Wechsel der Mode das Zeug der Plastiken wechseln. Wieviel näher würde beispielsweise der bekannte altägyptische Schreiber unserem Empfinden sein, wenn man ihm den gefälligen Anzug des modernen kaufmännischen Angestellten anziehen könnte. Es ist übrigens wesentlich einfacher, den Anzug der Plastik zu wechseln, als ihn wiederholt umzumodellieren (Monatsgarderobe), besonders wenn das Material edel ist. (Bronze.) Auf den Begriff ›edel‹ komme ich noch näher zurück. Die Haare kann man in Form von Perücken und Bärten kaufen und als ganze Masse einsetzen. Man hüte sich vor der Verwendung von Moos, wie bei den bekannten Harzer Moosmännern. Man achte darauf, daß man besonders gute Perücken erhält. Augen nimmt man vorteilhaft aus Glas. (Kittaugen aus Kitt.) Es erübrigt sich wohl, näher auf die Behandlung von Brillen, Zähnen, Spangen, Schuhen, Ringen, Handschuhen, Armbändern, Zigarren usw. einzugehen. Es braucht auch wohl nicht besonders erwähnt zu werden, daß natürlich ein seidenes Kleid künstlerisch wertvoller ist als ein wollenes, ein goldener Klemmer wertvoller als ein silberner. (Die Welt fängt im Menschen an.) Kleider machen Leute. Dieses alles bezieht sich auf die Art der künstlerischen Darstellung. Aber auch der Gegenstand der Darstellung ist von Wichtigkeit für den künstlerischen Wert. Hier komme ich auf das Wort ›edel‹ zurück. (Spezialgeschäft August Scheere, Hannover, Kurierstraße 1 a. Das Überschreiten dieser Grenze ist bei Bahnpolizeistrafe verboten.) Nicht das Material soll edel sein; was ist überhaupt edles Material? Das Material muß der Natur entsprechen, und die dargestellte Natur muß edel sein. Adelige Personen haben den Vorzug gegenüber bürgerlichen. Eine adelige Plastik ist wertvoller als 2 bürgerliche zusammen, und als 4 bürgerliche Gemälde und ein Stilleben noch dazu. Am besten stellt die Kunst Leute vom Geistesadel dar, Kritiker und so, und zwar in ihrer edelsten Beschäftigung, beim Kritisieren ihrer eigenen edlen Plastik, mit Notizbuch und Bleistift in der Hand. Das ergäbe dann eine Doppelplastik: 1. Der Kritiker in edler Ruhe und 2. derselbe Kritiker, indem er seine eigene edle Plastik kritisiert, rechts daneben. In dem Notizbuch hat neben dem Namen des Darstellers zu stehen: Edel, edel, Adel, Natur, edel göttlich, Adel, natürlich, edel, edel, edel. Selbstverständlich sind auch die Künstler verschieden groß. Es handelt sich dabei nicht um die körperliche Größe, sondern um die künstlerische. Es gibt große, kleine und mittelmäßige Künstler, oder, wie bei den Beamten, hohe, niedere und mittlere. Zum Schluß möchte ich noch erwähnen, daß es noch große, kleine und mittlere Kritiker gibt, auch mittelmäßige. Ich habe dieses Reglement nur für die ganz großen geschrieben. (Fensterscheiben nehme man am besten und praktischsten aus Holz.)

1920

Tran Nr. 14

Herr Dr. Frosch hungert den Geist aus

Eines Tages hatte Herr Dr. Frosch eine Idee. Er sah nämlich den Geist »mit eigenen Augen« und »gelobte darauf für seine Person Besserung«. Und Herr Frosch beschloß, den Geist »gelassen auszuhungern«. Herr Frosch sagte sich hierauf ganz richtig, daß man nur Blödsinn zu schreiben braucht, dann kommt der Artikel sicherlich in jedes ›Kümmelblättchen‹ der Provinz. Ich habe den Artikel des Herrn Dr. Frosch, in dem er auch meine Spezialmarke MERZ erwähnt, in der freien Meinung, Hannover, den 9. Oktober 1920 gelesen.

Man braucht nur Blödsinn zu schreiben. »Der Trick ist so entsetzlich einfach, daß auch der Geistigarme ihn begreift. Und es sind gewiß der Mehrzahl nach Geistigarme, die sich seiner bedienen.« Auch Herr Frosch hat den entsetzlich einfachen Trick begriffen.

Herr Frosch ist übrigens Dadaist, wenn seine Definition über den Dadaismus stimmt: »Es ist die Kunst, ohne geistige Anstrengung in den Mund aller Bildungsphilister zu kommen.« Geistige Anstrengung scheint der Dadaismus Herrn Frosch tatsächlich nicht gemacht zu haben. (Naivität ist Polemik mit der Milchflasche.) Und ich hoffe, daß Herr Frosch nun auch in den Mund aller Bildungsphilister kommen wird. (Ein Frosch im Magen soll übrigens ungesund sein.)

Ich denke mir, Herr Dr. Frosch hat, als er den Geist mit eigenen Augen hörte, bis an beide Ohren gelacht und dann eine Art von Wutgeheul angestimmt. Darauf ist Herr Dr. Frosch nachdenklich geworden und hat den Artikel ›Dada‹ für die W. a. M. geschrieben. Herr Frosch sollte lieber denklich werden. (Naivität ist Polemik mit der Milchflasche.) »Es liegt mir fern, gerade einem Dadaisten zarte Gefühle entgegenzubringen.« Auch Herrn Dr. Frosch nicht, ich bringe nur Anna Blume zarte Gefühle entgegen. Du deiner dich dir, ich dir, du mir, – wir? (Das gehört beiläufig nicht hierher.) Aber mein Herz zwingt mich, Herrn Dr. Frosch behilflich zu sein, der Herr Dr. Frosch hat so schöne Grundsätze: »Es gibt heut' allenthalben Versuche, Versammlungen und Vorträge durch wüste Gewalt zu stören. Da es überall die weniger Intelligenten sind, die sich dieser Mittel bedienen, muß man das Mittel selbst bekämpfen.« Bravo! (Naivität ist Polemik mit der Milchflasche.) Ich zünde Ihnen ein Talglicht an, Herr Dr. Frosch. Sehen Sie sich ›blindlings‹ in einen Spiegel. Haben Sie noch keine Vorträge und Versammlungen durch wüste Gewalt gestört? (Naivität ist Polemik mit der Milchflasche.) Oder kann man etwa einen Artikel, der geschrieben ist, um das Geistige ›blindlings‹ auszuhungern, anders als wüste Gewalt nennen? (Naivität ist Polemik mit der Milchflasche.) Der Milchflasche, die Milchflasche, das Milchflasche, die Flaschenmilch.

Leider ist der Artikel ›Dada‹ aus der Welt a. M. von Herrn Dr. Frosch mit einem so liebevollen Unverständnis der Geistigen in der modernen Kunst geschrieben, daß ich mich nicht verpflichtet fühle, auf Blödsinn ernst zu antworten. Herr Dr. Frosch hat offenbar nur gesehen, wie der Geistige räuspert und spuckt. Am Geist ist Herr Dr. Frosch wieder vorbeigehupft. Der Geist hat es übrigens auch nicht nötig, von Herrn Dr. Frosch genannt zu werden. (Auch am Körper erkennt man nicht von außen die Eingeweide.)

1920

Tran Nummer 16

Das Leben auf blindem Fuße

Herr P. W., ich nehme an, er heißt Paul Westheim, schreibt in einem Artikel: ›Kunst in Berlin‹ in der Frankfurter Zeitung vom 25. November 1920: »Ob es nach ebensoviel Jahren nicht auch peinlich sein wird, an Bauer, Wauer, Nell Walden, Schwitters, Nebel erinnert zu werden?«

Sehr geehrter und wenig geschätzter Herr Westheim! Sie sind ein typisches Beispiel für den Kritiker. Der Kritiker hat keine Urteilsfähigkeit. Sie auch nicht. Der Kritiker urteilt infolgedessen stets verkehrt; Sie auch. Der Kritiker weiß es, daß er verkehrt urteilt, und richtet sich deshalb, um sich nicht dauernd zu blamieren, nach dem Urteil Anderer; Sie auch. Es ist Ihnen nicht wesentlich, ob jemand Künstler ist, sondern ob er nach Jahren sich gegen Euch Kritiker durchsetzt, oder nicht.

Wir Künstler urteilen sicherer. Ich weiß es z. B. schon seit meiner ersten Begegnung mit Ihnen, daß es jetzt schon peinlich ist, an Ihre Unfähigkeit erinnert zu werden. In einigen Jahren aber? Schreiben Sie oder schreiben Sie nicht, zetern Sie oder blamieren Sie sich durch falsches Lob, Ihnen kann es nicht mehr helfen. Die Kunst, die Sie nicht kennen, die Kunst hat Sie gerichtet. Draußen auf der Straße ruft jemand: »Torf, Torf!« Auch dieser Mann kann die Entwicklung in der Kunst nicht mehr aufhalten; und wenn er noch so laut schreit. Auch sonst sind manche Ähnlichkeiten zwischen Ihnen und dem Torfmann. Ich hoffe, es wird Ihnen nach ebensoviel Jahren nicht peinlich sein, an mich erinnert zu werden. Der Torfmann bleibt sich immer gleich mit seinem Geschrei, Sie auch, in Ihren Kritiken. Der Torfmann handelt mit einer Ware, die ihn nicht wärmt, Sie schreiben über ›moderne‹ Kunst. (Mensch sein heißt leiden.) Damit Sie mich nun recht verstehen: Ihre Kritiken bleiben sich wesentlich gleich, ob Sie gegen oder für den Expressionismus schreiben, sie bekämpfen die

Kunst. (Kann man mit einem Holzschwert kämpfen?) Aber bei aller Feindschaft, unser Holzschwert, gegen die Kunst, erkennen Sie an, was ›zur Zeit‹ nicht mehr angefeindet werden ›darf‹, weil es die Menge von Kritikern, die ebenso wenig urteilsfähig ist wie Sie, durch irgend ein unverzeihliches Versehen anerkannt hat. (Man will sich doch nicht blamieren.)
Sie schreiben gegen die Kunst, weil Sie, ich will es Ihnen verraten, die Größe der Kunst nicht ertragen können. Warum schreiben Sie wohl gegen den Sturm? Der Sturm ist konsequent. Herwarth Walden verwirft nicht, was er erkannt hat und erkennt nicht an, was er verwerfen muß. Das ist Ihnen peinlich. Können Sie mir hier folgen? Herwarth Walden erkennt, er erkennt nicht an. Das ist Ihnen sehr peinlich.
Herwarth Walden kämpft für die Kunst, Sie kämpfen gegen die Kunst. Sie hoffen nun, wie Sie mit der Kunst fertig werden können, d. h. fertig werden zu können gehofft haben, auch mit dem Sturm einmal fertig zu werden. Sie werden allerdings fertig, sind schon fertig, aber nicht mit, sondern durch den Sturm, eben fertig, ganz fertig. (Der Gerechte muß viel leiden.) Der Torfmann draußen ist längst vorbei. Und draußen ruft ein Anderer. Der Andere ruft: »Hasenfelle, Hasenfelle!« Was kümmert das die Kunst? Haben Sie keine Hasenfelle zu verkaufen, Herr Westheim?
Ich begrüße Sie in Demut

Ihr sehr ergebener

Kurt Schwitters

1920

Kritiker

Tran 27

Kritiker sind eine besondere Art Menschen. Zum Kritiker muß man geboren sein. Mit ganz außergewöhnlichem Schaafsinn findet der geborene Kritiker das heraus, worauf es nicht ankommt. Er sieht nie den Fehler des zu kritisierenden Kunstwerks oder des Künstlers, sondern sein eigenes Fehlen, sichtbar gemacht durch das Kunstwerk. Der Kritiker erkennt durch angeborenen Schaaafsinn gewissermaßen seinen eigenen Fehler durch das Kunstwerk. Das ist die Tragik aller Kritiker, sie sehen Fehler, statt Kunst. Kunst sehen heißt für den Kritiker die Fehler am Kunstwerk rot anstreichen und eine Zensur darunter schreiben. Kritiker sind den mit Recht so beliebten Oberlehrern ähnlich. Allerdings braucht der Kritiker kein Examen zu machen, zum Kritiker ist man eben geboren. Der Kritiker ist ein Geschenk des Himmels an die Menschheit. Mit Oberlehrerin gesäugt nährt er sich von Kunstfehlern zum Segen der Schaaaafzucht. Sich sägen bringt Regen. Zwischendurch trinkt der Kritiker dann noch ein Gläschen rote Tinte. Jeder Kritiker hat einen Regenschirm, in den er wieder gewissermaßen hineingeheiratet hat. Denn sich sägen bringt Regen zum Segen der Schaaaaafzucht. Das besagte Oberlehrerin aber ist ein dicker, sirupartiger Saft, hergestellt aus Absonderungen der Galle von wirklichen geheimen Oberlehrern und dem Magensaft verblödeter Schaaaaaafe. Besagte Schaaaaaaafe brauchen kein Examen gemacht zu haben, wie der Kritiker. Den Regenschirm benutzt der Kritiker, um ihn verkehrt aufzudrehen. Kritiker brauchen ihre Regenschirme in der Kunstausstellung nicht abzugeben. Der Regenschirm aber muß ein Examen machen. Nur löcherige Regenschirme werden zur Kunstkritik zugelassen. Je mehr Löcher, desto mehr Regen, je mehr Regen, desto mehr Sägen, je mehr Sägen, desto mehr Kritik. Um auf das Schaf zurückzukommen: Kritiker sind eine besondere

Art Menschen. Zum Kritiker muß man geboren sein. Kritiker sind schafgeboren, schafgesäugt mit Oberlehrerin und schaftrunken von dem Kunstwerk. Der Unterschied zwischen Künstler und Kritiker ist der: »Der Künstler schafft, während der Kritiker schaaft.«

1922

Die Raddadistenmaschine

Die Raddadistenmaschine ist für dich bestimmt. Sie ist durch eigenartige Zusammenstellung von Rädern, Achsen und Walzen mit Kadavern, Salpetersäure und Merz so konstruiert, daß du mit vollem Verstand hineingehst und vollständig ohne Verstand herauskommst. Das hat große Vorteile für dich. Lege dein Bargeld in einer Raddadistenkur an, du wirst es nie bereuen, du kannst überhaupt nicht mehr bereuen nach der Kur. Ob du reich oder arm bist, ist gleichgültig, die Raddadistenmaschine befreit dich sogar von dem Geld an sich. Als Kapitalist gehst du in den Trichter, passierst mehrere Walzen und tauchst in Säure. Dann kommst du mit einigen Leichen in nähere Berührung. Essig tröpfelt Kubismus dada. Dann bekommst du den großen Raddada zu sehen. (Nicht den Präsidenten des Erdballs, wie viele annehmen.) Raddada strahlt von Witz und ist bespießt mit einigen 100000 Nadelspitzen. Nachdem du dann hin und hergeschleudert bist, liest man dir meine neuesten Gedichte vor, bis du ohnmächtig zusammenbrichst. Dann wirst du gewalkt und raddadiert, und plötzlich stehst du als neu frisierter Antispießer wieder draußen. Vor der Kur graut dir vor dem Nadelöhr, nach der Kur kann dir nicht mehr grauen. Du bist Raddadist und betest zu der Maschine voll Begeisterung. – Amen.

1921

Sauberkeit
(Für Leute, die es noch nicht wissen)

Ich liebe die hygienische Sauberkeit. Ölfarben riechen wie ranziges Fett. Temperafarben stinken wie faule Eier. Kohle und Graphit sind der schmierigste Dreck, was man schon an der schwarzen Farbe erkennen kann. Ich liebe die hygienische Sauberkeit und die hygienische Malerei. Das nenne ich ›MERZ‹. Merzmalerei verwendet die delikatesten Materialien, wie sauberen Roggenmehlkleister, desinfizierte Zeug- und Papierfetzchen, gut gewaschenes Holz, alkoholfreie Eisenbeschläge und dergleichen, die Merzmalerei ist absolut bazillenfrei. Der einzige Bazillus, der tatsächlich durch Merz übertragbar ist, ist der Tollwutbazillus. Er ist seinerzeit, ohne meine Schuld, auf Merz übertragen durch den Biß tollwütiger Kritiker und überträgt sich weiter auf jeden Herrn Kritiker, der sich neuerdings in Merz festbeißt. Merz beißt nicht, aber die Herren Kritiker. Kritiker beißen nämlich über, wie Bulldoggen. Ich bedaure es sehr, daß mittlerweile fast die gesamte deutsche Kritik, mit Ausnahme einiger starker Persönlichkeiten, infolge Merzbiß tollwütig geworden ist.

1921

i
(Ein Manifest)

Was Merz ist, weiß heute jedes Kind. Was aber ist i? i ist der mittlere Vokal des Alphabets und die Bezeichnung für die Konsequenz von Merz in bezug auf intensives Erfassen der Kunstform. Merz bedient sich zum Formen des Kunstwerks großer fertiger Komplexe, die als Material gelten, um den Weg von der Intuition bis zur Sichtbarmachung der künstlerischen Idee möglichst abzukürzen, damit nicht viele Wärmeverluste durch Reibung entstehen. i setzt diesen Weg = null. Idee, Material und Kunstwerk sind dasselbe. i erfaßt das Kunstwerk in der Natur. Die künstlerische Gestaltung ist hier das Erkennen von Rhythmus und Ausdruck im Teil der Natur. Daher ist hier kein Reibungsverlust, d. h. keine störende Ablenkung während des Schaffens möglich.
Ich fordere i, aber nicht als einzige Kunstform, sondern als Spezialform.
In meiner Ausstellung im Mai 22 im Sturm sind die ersten i-Zeichnungen öffentlich ausgestellt. Für die Herren Kunstkritiker füge ich hinzu, daß es selbstverständlich ein weit größeres Können erfordert, aus der künstlerisch nicht geformten Natur ein Kunstwerk auszuschneiden, als aus seinem eigenen künstlerischen Gesetz ein Kunstwerk mit beliebigem Material zusammenzubauen. Das Material für die Kunst ist beliebig, es muß nur geformt werden, damit ein Kunstwerk daraus entsteht. Das Material für i ist aber sehr wenig beliebig, da sich nicht jede Natur im Ausschnitt zum Kunstwerk gestaltet. Daher ist i Spezialform. Aber es ist einmal notwendig, konsequent zu sein. Ob das ein Kunstkritiker begreifen kann?

1922

[Die Bedeutung des Merzgedankens in der Welt]

Nun komme ich zu meinem Thema, zu der Bedeutung des Merzgedankens in der Welt. Wenn Sie anderer Ansicht sind, so ist das für Merz gleichgültig, aber MERZ, und nur Merz ist befähigt, einmal, in einer noch unabschätzbaren Zukunft die ganze Welt zu einem gewaltigen Kunstwerk umzugestalten. Sie fragen: »Wieso?« Kijk eens, MERZ rechnet mit allen Gegebenheiten, und das ist seine Bedeutung, sowohl praktisch als auch ideell. Merz ist bezüglich seines Materials so tolerant wie möglich:

Und ist die Arbeit noch so schlecht,
MERZ macht schon alles recht.

Merz rechnet sogar mit Materialien und Komplexen im Kunstwerk, die es selbst nicht übersehen und beurteilen kann. Wenn wir aber je einmal die ganze Welt als Kunstwerk gestalten wollen, so müssen wir damit rechnen, daß gewaltige Komplexe in der Welt bestehen, die uns unbekannt sind, oder die wir nicht beherrschen, weil sie nicht im Bereich unserer Kraft liegen. Vom Stankpunkt

MERZ

aus ist das aber gleichgültig. Es ist im Kunstwerk nur wichtig, daß sich alle Teile aufeinander beziehen, gegeneinander gewertet sind. Und werten lassen sich auch unbekannte Größen. Das große Geheimnis von Merz liegt in dem Werten von unbekannten Größen. So beherrscht Merz, was man nicht beherrschen kann. Und so ist Merz größer als Merz. Das Geheimnis liegt darin, daß man in einer Gemeinschaft von einer bekannten und einer unbekannten Größe die unbekannte mit verändert, wenn man die bekannte verändert. Weil die Summe von bekannt und unbekannt stets gleich bleibt, stets gleich bleiben muß, und zwar absolutes Gleichgewicht. Kijk eens, wenn man Mühlen hat, kann man auch unter dem Meeresspiegel das Land trockenpumpen. (Beweis Holland.)

Einstweilen schafft MERZ Vorstudien zur kollektiven Weltgestaltung, zum allgemeinen Stil. Diese Vorstudien sind die Merzbilder.
Das einzige Wichtige im Gemälde ist der Ton, die Couleur. Das einzige Material dafür ist die Farbe. Alles im Bilde entsteht durch die Farbe. Hell und dunkel sind Werte der Couleur. Linien sind Grenzen von verschiedenen Couleuren. Also ist beim Bilde nichts wichtig außer dem Werten der Farbe. Alles Unwichtige stört die Konsequenz des Wichtigen. Daher muß ein konsequentes Bild abstrakt sein. Nur Wertung der Farbe. Wie das Farbmaterial entstanden ist, bleibt gleichgültig beim Bilde. Wichtig ist nur, daß durch Wertung aller Farben untereinander das für das Kunstwerk charakteristische Gleichgewicht entsteht. Jedes Mittel ist recht, wenn es zweckdienlich ist. Ob der Künstler die im Bilde verwendeten Farbtöne selbst erkennt oder nicht, ist gleichgültig, wenn nur das Gleichgewicht hergestellt wird. Was das verwendete Material vor seiner Verwendung im Kunstwerk bedeutet hat, ist gleichgültig, wenn es nur im Kunstwerk seine künstlerische Bedeutung durch Wertung empfangen hat.
So habe ich zunächst Bilder aus dem Material konstruiert, das ich gerade bequem zur Hand hatte, wie Straßenbahnfahrscheine, Garderobemarken, Holzstückchen, Draht, Bindfaden, verbogene Räder, Seidenpapier, Blechdosen, Glassplitter usw. Diese Gegenstände werden, wie sie sind, oder auch verändert in das Bild eingefügt, je nachdem es das Bild verlangt. Sie verlieren durch Wertung gegeneinander ihren individuellen Charakter, ihr Eigengift, werden entmaterialisiert und sind Material für das Bild. Das Bild ist ein in sich ruhendes Kunstwerk. Es bezieht sich nicht nach außen hin. Nie kann sich ein konsequentes Kunstwerk außer sich beziehen, ohne seine Beziehung zur Kunst zu verlieren. Nur umgekehrt kann sich jemand von außen auf das Kunstwerk beziehen: der Beschauer. Material der Dichtung sind Buchstabe, Silbe, Wort, Satz, Absatz. Worte und Sätze sind in der Dichtung

weiter nichts als Teile. Ihre Beziehung untereinander ist nicht die übliche der Umgangssprache, die ja einen anderen Zweck hat: etwas auszudrücken. In der Dichtung werden die Worte aus ihrem alten Zusammenhang gerissen, entformelt und in einen neuen, künstlerischen Zusammenhang gebracht, sie werden Form-Teile der Dichtung, weiter nichts.
Ich will hier nicht näher eingehen auf die Verwischung der Grenzen zwischen den Kunstarten, etwa Dichtung und Malerei. Ich muß darüber eine lange Abhandlung schreiben, vielleicht in MERZ 2 oder 3. Kunstarten gibt es nicht, sie sind künstlich voneinander getrennt worden. Es gibt nur die Kunst. Merz aber ist das allgemeine Kunstwerk, nicht Spezialität.
Das umfassendste Kunstwerk ist die Architektur. Sie umfaßt alle Kunstarten. MERZ will nicht bauen, MERZ will umbauen.

DIE AUFGABE VON MERZ IN DER WELT IST:
GEGENSÄTZE AUSGLEICHEN ═══
UND SCHWERPUNKTE VERTEILEN.

Die Architektur nimmt heute noch zu wenig Rücksicht auf Bewohnbarkeit, sie berücksichtigt zu wenig, daß Menschen durch ihre Anwesenheit ein Zimmer verändern. Ist der Raum gut balanciert, so stört der hineintretende Mensch das künstlerische Gleichgewicht. MERZ allein kann und muß mit nachträglich hinzukommenden Zufälligkeiten rechnen. Ich werde in einem der kommenden Merzhefte darüber mehr schreiben. Ich rege einstweilen nur an, daß man z. B. Gewichte schaffen könnte, die durch Betreten eines Raumes mechanisch aus- und eingeschaltet werden, um den Menschen ins absolute Gleichgewicht zu bringen. Aber man kommt auch ohne Mechanik aus, wenn auch nicht so vollkommen. Man muß eine intensive Beziehung schaffen zwischen Mensch und Raum. Und das erreicht man durch Einbeziehen der Fährte in die Architektur. Dieses ist eine ganz neue Idee, die die Unbewohnbarkeit der Häuser wird ausmerzen können. Ich schreibe darüber noch ausführlich. Jetzt kann ich schon verraten, daß ganz in der Stille Experimente mit weißen Mäusen gemacht werden, welche eigens dazu konstruierte Merzbilder bewohnen. Einstweilen wird die Fährte der weißen Mäuse studiert. Auf der Werft befinden sich aber Merzbilder, die mechanisch die Bewegung der weißen Mäuse ausbalancieren werden. Einige Kontakte lösen verschiedene Beleuchtung aus, mechanisch, im Verhältnis zur Bewegung der Mäuse. Das mechanische Zimmer aber ist der einzige konsequente Raum, der künstlerisch geformt und trotzdem bewohnbar ist.

1923

MANIFEST PROLETKUNST

Eine Kunst, welche sich auf eine bestimmte Klasse von Menschen bezieht, gibt es nicht, und wenn sie bestehen würde, wäre sie für das Leben gar nicht wichtig.

Diejenigen, welche proletarische Kunst schaffen wollen, fragen wir: »Was ist proletarische Kunst?« Ist das Kunst von Proletariern selbst gemacht? oder Kunst, die nur dem Proletariat dient? oder Kunst, die proletarische (revolutionäre) Instinkte wecken soll? Kunst, durch Proletarier gemacht, gibt es nicht, weil der Proletarier, wenn er Kunst schafft, nicht mehr Proletarier bleibt, sondern zum Künstler wird. Der Künstler ist weder Proletarier, noch Bourgeois, und was er schafft, gehört weder dem Proletariat noch dem Bürgertum, sondern allen. Die Kunst ist eine geistige Funktion des Menschen mit dem Zwecke, ihn aus dem Chaos des Lebens (Tragik) zu erlösen. Die Kunst ist frei in der Verwendung ihrer Mittel, aber gebunden an ihre eigenen Gesetze, und nur an ihre eigenen Gesetze, und sobald das Werk Kunstwerk ist, ist es weit erhaben über die Klassenunterschiede von Proletariat und Bürgertum. Sollte die Kunst aber ausschließlich dem Proletariat dienen, abgesehen von der Tatsache, daß das Proletariat angesteckt ist von bürgerlichem Geschmack, dann wäre diese Kunst beschränkt, und zwar ebenso beschränkt wie die speziell bürgerliche Kunst. Eine solche Kunst würde nicht universal sein, nicht aus dem Weltnationalitätsgefühl wachsen, sondern aus individuellen, sozialen, zeitlich und räumlich begrenzten Ansichten. Soll nun die Kunst tendenziös proletarische Instinkte wachrufen, so bedient sie sich im Grunde derselben Mittel wie kirchliche oder nationalistische Kunst. So banal es an sich klingt, ist es im Grunde dasselbe, ob jemand ein rotes Heer mit Trotzky an der Spitze oder ein kaiserliches Heer mit Napoleon an der Spitze malt. Für den Wert des Bildes als Kunstwerk ist es aber gleichgültig, ob proletarische Instinkte oder patriotische Gefühle erweckt werden sollen. Das eine wie das andere ist, vom Standpunkte der Kunst aus betrachtet, Schwindel.

Die Kunst soll nur mit ihren eigenen Mitteln die schöpferischen Kräfte im Menschen wachrufen, ihr Ziel ist der reife Mensch, nicht der Proletarier oder der Bürger. Nur kleine Talente können aus Mangel an Kultur, da sie das Große nicht übersehen, in ihrer Beschränktheit so etwas wie proletarische Kunst (d. h. Politik in gemaltem Zustande) machen. Der Künstler aber verzichtet auf das Spezialgebiet der sozialen Organisation.

Die Kunst, wie wir sie wollen, die Kunst ist weder proletarisch noch bürgerlich, denn sie entwickelt Kräfte, die stark genug sind, die ganze Kultur zu beeinflussen, statt durch soziale Verhältnisse sich beeinflussen zu lassen.

Das Proletariat ist ein Zustand, der überwunden werden muß, das Bürgertum ist ein Zustand, der überwunden werden muß. Indem aber die Proletarier mit ihrem Proletkult den Bourgeoiskult imitieren, sind gerade sie es, die diese verdorbene Kultur der Bürger stützen, ohne sich dessen bewußt zu sein; zum Schaden von Kunst und zum Schaden von Kultur.

Durch ihre konservative Liebe für die alten, überlebten Ausdrucksformen und ihre ganz unverständliche Abneigung für die neue Kunst halten sie das am Leben, was sie nach ihrem Programm bekämpfen wollen: die bürgerliche Kultur. So kommt es, daß bürgerlicher Sentimentalismus und bürgerliche Romantik trotz aller intensiven Bemühungen der radikalen Künstler, diese zu vernichten, immer noch bestehen bleiben und sogar neu gepflegt werden. Der Kommunismus ist schon eine ebenso bürgerliche Angelegenheit wie der Mehrheitssozialismus, nämlich Kapitalismus in neuer Form. Die Bourgeoisie verwendet den Apparat des Kommunismus, der nicht vom Proletariat, sondern von Bürgern erfunden ist, nur als Erneuerungsmittel für ihre eigene verfaulte Kultur (Rußland). Infolgedessen kämpft der proletarische Künstler weder für die Kunst noch für das künftige neue Leben, sondern für die Bourgeosie. Jedes proletarische Kunstwerk ist weiter nichts als ein Plakat für das Bürgertum.

Das, was wir hingegen vorbereiten, ist das Gesamtkunstwerk, welches erhaben ist über alle Plakate, ob sie für Sekt, Dada oder Kommunistische Diktatur gemacht sind.

THÉO VAN DOESBURG. KURT SCHWITTERS.
hans arp. TRISTAN TZARA.
CHR. SPENGEMANN. d. Haag, 6. 3. 23.

DE STIJL

1923

BANALITÄTEN (4)

Nicht alle Banalitäten sind dadaistisch. Zunächst ist festzustellen, daß es gleichgültig ist, ob der Schöpfer einer Banalität sie ursprünglich als banal gedacht hat oder nicht. Wenn Edschmidt erwähnt: „Junge Menschen gab es zu jeder Zeit," so ist das, ob gewollt oder nicht, Herr Herr gibt mir Kraft, eine Banalität. Es ist auch so absolut unkünstlerisch, daß es eine Dadaarbeit wäre, falls nicht Edschmidt bewußt etwas sehr Wichtiges hoch künstlerisch damit hätte ausdrücken wollen. Wenn ich es aber als dada erkenne, so ist es dada durch mich: **I** = dada. Und so geben uns die ungewollten konsequenten Banalitäten, durch Dadaisten erkannt und gewollt, eine sehr wertvolle Unterscheidungsmöglichkeit. Die Dadaisten schaffen dada, die Welt ist dada, und zwar **I** = dada. (Vergl. dadaholland in Merz 1.) Und so leben wir in einem **I**-dada-Zeitalter, das die Dadaisten in ein dada-Zeitalter verwandelt haben durch innere Konsequenz. Nicht alle Banalitäten sind dada complet, aber in jeder Banalität ist eine Menge dadaistischen Blödseins versteckt. Ich habe Banalitäten vermerzt, d. h. ein Kunstwerk aus Gegenüberstellung und Wertung an sich banaler Sätze gemacht. Ich bin mir auch dessen bewußt, daß nicht alle angeführten Sätze Banalitäten sind. Der Leser mag selbst entscheiden. Denn „es gibt eine Wesentlichkeit in uns, die grün zu explodieren vermag". (Th. Däubler.) Ob „Herr, Herr, gib mir Kraft" banal ist, wage ich bei der Menge des in diesem Satze aufgespeicherten Sprengstoffes nicht zu entscheiden, es wird wohl Expressionismus sein. Herr, Herr, gib mir deinen Sturm! Immerhin ist es ein direkter Befehl eines sich ohnmächtig fühlenden Menschen und wesentlich nicht anders, als ob ich sagte: „Frau Meier, Frau Meier, geben Sie mir ein zehntel Pfund Kaffee!" Worauf Frau Meier möglicherweise grün explodiert. Und so hätten wir auch endlich den Expressionismus auf seine einfachste Formel gebracht: **„Geistiger Warenaustausch"**, wobei der Geist darin besteht, daß man die Kraft nicht so leicht nachwiegen kann, wie den Kaffee. Dafür braucht sie, soweit es sich nicht um elektrische Energie handelt, nicht verzollt zu werden. „Der liebe Gott meint es so gut mit uns, er schenkt uns Regen und Sonnenschein, daß was wächst." (Doris Thatje.) Willem, biste schon da? Ich gähne aus Interesse. **Rrrrrom!**

„Aber an den angetanen."

Ich bedaure, aber der Vers ist nicht von mir.

Jetzt komme ich zu **Tristan Tzara.** Auf die Frage: „Quelle est l'attitude qui vous semblerait aujourd'hui la plus sympathique?" schreibt er im Journal du Peuple: „Ah! Il-y-a un moyen très subtil, même en écrivant, de détruire le goût pour la littérature, c'est en le combattant par ses propres moyens et dans ses formules." Er unterscheidet dann sehr fein zwischen littérature und poésie. Er will die ungeformte Literatur bekämpfen zugunsten der gestalteten Poesie. Der beste Kampf gegen den schlechten Geschmack für die form- und gedankenlose Litteratur ist die **i**-Banalität. Sie zeigt dem Leser die unerhört schlechte Form: „Aber an den angetanen" oder den unerhört blöden Inhalt: „Wie manches ist vergangen!" (Platen.) Wer kann von mir verlangen, den folgenden Vers zu lesen, wenn ich den ersten verstehen will. Und wenn ich selbst lese: „Liebesdienst den Freund zu mahnen", bin ich noch ebenso dumm. Wie manches wird vergehn! Wir wissens, wir verlangen. Kein ewiges Bestehn. Preisfrage: Wer ist banaler, Platen oder Schneider: „Wenn sone Geige angewärmt is, denn gehtse besser"? Beide haben was Kluges sagen wollen. Immerhin sagt Schneider etwas Neues für Nicht-Geigenspieler, wenn auch in etwas langweiliger Form. Cet été, les éléphants porteront des moustaches, ET VOUS? De pijpen der stoombooten zijn zwart.

K. S.

1923

K. Schwitters: Merzzeichnung

Zeitschriften gibt es genug. Aber bislang hat sich keine ausschließlich für die

MERZIDEE

eingesetzt. Um einem dringenden Bedürfnis abzuhelfen, habe ich mich deshalb entschlossen, die **ZEITSCHRIFT**

MERZ

herauszugeben, die viermal im Jahre erscheinen soll. Manuskripte und Klischees, die vom Geiste der

MERZIDEE

getragen sind, bitte an meine Adresse. Ich übernehme für nichts Garantie. Bestellungen und Abonnements bitte an meine Adresse, Text nach Bedarf in allen Weltsprachen.
MERZ 1 widme ich dem

DADAISMUS IN HOLLAND.

GROOTE KOE

DADA ISMUS IN HOLLAND

DADA

in Holland ist ein Novum. Nur **ein** Holländer, I. K. BONSET, ist Dadaist. (Er wohnt in Wien.) Und **eine** Holländerin, PETRO VAN DOESBURG, ist Dadaistin. (Sie wohnt in Weimar.) Ich kenne dann noch einen holländischen Pseudodadaisten, er ist aber kein Dadaist. Holland aber,

HOLLAND IST DADA

Unser Erscheinen in Holland glich einem gewaltigen Siegeszug. Ganz Holland ist jetzt dada, weil es immer schon dada war.

Unser Publikum fühlt, daß es DADA ist und glaubt, dada kreischen, dada schreien, dada lispeln, dada singen, dada heulen, dada schelten zu müssen. Kaum hat jemand von uns, die wir in Holland Träger der dadaistischen Bewegung sind, das Podium betreten, so erwachen im Publikum die verschlafenen dadaistischen Instinkte, und es empfängt uns ein dadaistisches Heulen und Zähneklappen. Aber wir sind die dadaistische Hauskapelle, wir werden Ihnen eins blasen.

1923

Dadaisten. Dadaisten.

Im Kampfe für die Verbreitung des Dadaismus vermittelt die Zeitschrift Merz die Namen und Aussprüche einiger Dadaisten, die sich selbst zum Teil für dadafrei halten.

1. **ENGAU**, Ingenieur in Laubegast, Schöpfer des Bismarckehrengartens, „bestehend aus Steinen, Plakaten, Reliefs, Büsten und anderen Ehrungen, in Form von Denksteinen geschichtlich geordnet, so daß wir vom einen Stein zum anderen schreitend gleichermaßen durch die Jahrhunderte gehen können. Die auf den Ehrengaben befindlichen Widmungen haben ihnen Leben und Poesie verliehen. Die Steine reden . . .“ Von Herrn Engau stammt ein complett dadaistisches Gemälde, bestehend aus einem wirklichen ca. 25 cm langen alten Nagel und einer Unterschrift. Ich glaube, daß es von Engau stammt, da es im Ehrengasthause hängt. Ich lasse hier ein Facsimile folgen:

Das ist der Nagel, den

BISMARCK

stets auf den Kopf getroffen hat.

1924

Sprache

Der Sinn und Zweck einer neuen Sprache wird erst dann gut, wenn sie bei Klarheit und Verständlichkeit auch kurz ist. Wichtig ist größte Vereinfachung und Zusammenlegung.

Wir gehen aus von Begriffen

sein (haben)	*nicht sein* (nicht haben)
a	u

wollen (begehren)	*fürchten*	*vermuten*
o	i	e

Die Aussprache der Vokale ist lang. Wenn sie kurz sein soll, kommt ein c hinter den Vokal.
Dadurch ergeben sich die Verben im Infinitiv. Nicht alle Verben beginnen mit Vokalen.

Pronomina:

ich	du	(er)	(sie)	es	wir	ihr	sie
b	d	m	n	g	p	t	k

Die Aussprache der Konsonanten ist tonlos, ausgeprägt, aber ohne Vokal, wie es die Kinder in der Schule lernen.

Das deutsche Alphabet ist

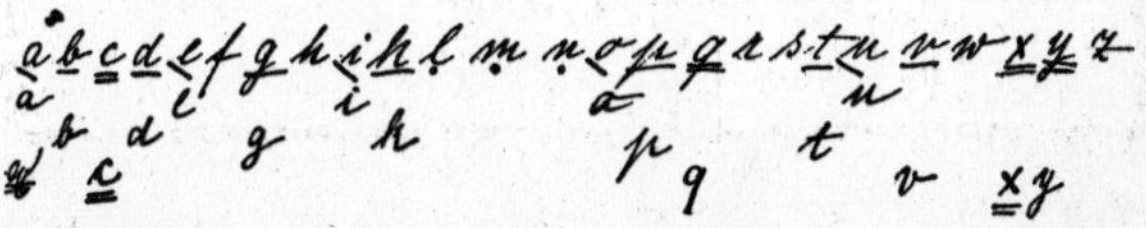

Ich verwende die doppelten Buchstaben zunächst nur als Zeichen. Ein c hinter einem Vokal bedeutet weiter nichts als Verkürzung, kurze Aussprache, also

a e i o u (lang) ac ec ic oc uc (kurz)

Das c wird dadurch zum Knacklaut, zum kurzen Verschlußlaut, und wird so zum neuen Zeichen: c Allein spricht es sich wie die Absicht, der Wille zum Vokal.

Die Pronomina werden dem Verbum vorangesetzt

ich bin oder ich habe	———	ba
du bist oder du hast	———	da
er ist oder er hat	———	ma
sie ist oder sie hat	———	na
es ist oder es hat	———	ga
wir sind oder wir haben	———	pa
ihr seid oder ihr habt	———	ta
sie sind oder sie haben	———	ka

ich bin nicht oder ich habe nicht	———	bu
du bist nicht oder du hast nicht	———	du
er ist nicht oder er hat nicht	———	mu
sie ist nicht oder sie hat nicht	———	nu
es ist nicht oder es hat nicht	———	gu
wir sind nicht oder wir haben nicht	———	pu
ihr seid nicht oder ihr habt nicht	———	tu
sie sind nicht oder sie haben nicht	———	ku

ich will	———	bo
du willst	———	do
er will	———	mo
sie will	———	no
es will	———	go
wir wollen	———	po
ihr wollt	———	to
sie wollen	———	ko

Es ergeben sich die Bejahung ›ja‹
als ——— ac = ja
und die Verneinung ›nein‹
als ——— uc = nein oder nicht
und das Begehren oder ›wollen‹
als ——— oc = begehrt, gewollt, erstrebt

Bei Verben ist das nicht lang, es ist u und wird angehängt

ich will nicht ——————— bou
du willst nicht ——————— dou
er will nicht ——————— mou
sie will nicht ——————— nou
es will nicht ——————— gou
wir wollen nicht ——————— pou
ihr wollt nicht ——————— tou
sie wollen nicht ——————— kou

Die Aussprache ist wie zwei Laute hintereinander. Zur Verstärkung dient der angehängte sch-Laut. Ich schreibe ihn x, da x doppelt ist, zur Verminderung dient das angehängte l. Also viel oder sehr, gut, vollständig heißt sch, also wenig oder etwas heißt l.
basch heißt z. B.: ich bin sehr, d. h. ich fühle mich stark als Existenz. Dusch heißt: du fühlst dich wenig existent. Mosch heißt: er will sehr.

1925

[Was Kunst ist, wissen Sie ...]

Was Kunst ist, wissen Sie ebensogut wie ich, es ist nichts weiter als Rhythmus. Wenn das aber wahr ist, so beschwer ich mich nicht mit Imitation oder mit Seele, sondern gebe schlicht und einfach Rhythmus mit jedem beliebigen Material, Straßenbahnfahrscheinen, Ölfarbe, Holzklötze, ja, da staunen Sie Bauklötze, oder mit dem Wort in der Dichtung, dem Ton in der Musik, oder wie Sie wollen. Darum sehen Sie sich nicht das Material an, denn das ist unwesentlich. Suchen Sie nicht versteckt irgendeine Imitation von Natur, fragen Sie nicht nach Seelenstimmungen, sondern suchen Sie trotz des ungewöhnlichen Materials, den Rhythmus in Form und Farbe zu erkennen. Mit Bolschewismus hat das ebensowenig zu tun wie der moderne Bubikopf. Dafür ist es die Essenz aller Kunst, das heißt, jedes Kunstwerk aller Zeiten mußte diese primäre Forderung erfüllen, Rhythmus zu sein, sonst war es nicht Kunst.

1926

Nennen Sie es Zufall

Anmerkungen:
verschieden von der üblichen Art der Filme ist, daß
1) die Texte nicht bloß Erklärungen der Handlung sind, sondern selbständige Dichtung, daß
2) die großen Teile in naturalistischer Darstellung nicht durch Texte irgendwie unterbrochen werden und daß
3) die Handlung so unkompliziert wie möglich ist, damit das visuell Filmische selbständiger wird.

Zu 1: Die Titel sind ein Text, der etwa einzeln herausgenommen die Darstellung durch die Bilder nicht mehr nötig haben würde. Er ist so geformt, daß man ihn als lyrische Dichtung bezeichnen könnte, welche reichlich Anlaß gibt, zum Gefühl, zur Sentimentalität. Die Bilder begleiten diesen Text parallel oder gehen zeitweise ihren eigenen Weg. Jedenfalls ist der Titel aus Verlegenheit vermieden, der da steht, weil der Operateur sich ohne Titel nicht mehr verständlich machen konnte, und der um Verzeihung bittet, daß er da stehen mußte.
Zu 2: Hier wäre gleich zu 3 mit zu erklären, daß die großen Teile nicht durch Texte unterbrochen werden brauchten, weil die Handlung sehr unkompliziert ist. Die Handlung ist so einfach, daß jeder sie verstehen muß, der die Vorgeschichte mit den Texten, die als Einkleidung dient, gesehen hat. Und selbst wer sie nicht kennt, würde viel raten können. Durch das Fehlen der Texte ist ohne Frage die Aufmerksamkeit größer, da man nicht immer wieder die Auflösung der Rätsel des Films in unzweideutigen leeren Worten hören muß.
Man sieht und braucht nicht zu hören.
Zu 3: Es ist ein selbstverständliches Erfordernis, daß bei einem visuellen Film im Gegensatz zu einem literarischen der Operateur sehr geschickt sein muß. Das Optische muß sehr reizvoll werden.

Die Spannung des Zuschauers, man könnte sagen sein Interesse an der Handlung, ist bis zur Auflösung kurz vor dem Schluß rege; das Verlangen nach einer Auflösung wird sehr stark, da es vermieden ist, die eine Haupthandlung durch kreuzende Nebenhandlungen zeitweilig aus dem Kreis des Interesses zu bringen. Eine starke Gegenhandlung dient der Handlung zur Kräftigung. Übrigens ahnt der Zuschauer bis zum Schluß nicht die letzte Wendung in der Handlung, die trotzdem an dieser Stelle sehr plausibel wirkt, und die plötzlich die Gegenhandlung siegen läßt.
Neuartigkeit, Einheitlichkeit, Einfachheit, Spannung, Mitfühlen, das sind so einige Schlagworte, die das Wesen des Films, nennen Sie es Zufall, etwa bestimmen könnten.

1926

Kitsch und Dilettantismus

Wir kennen ihn, überall umgibt er uns. Nur wenige erkennen ihn, die meisten sehen ihn nicht. Sehr wenige leiden darunter, daß es Kitsch gibt.
Zum Erkennen des Kitsches ist nicht eine besonders große Begabung erforderlich, sondern nur intensive Beschäftigung mit den Dingen. Das Denken muß eine gewisse Qualität haben, damit jemand den Kitsch erkennen kann. Daraus ergibt sich, daß Kitsch Mangel an Qualität ist. Aber auch Dilettantismus ist Mangel an Qualität. Nun beruht der Unterschied von Kitsch und Dilettantismus darin, daß der Kitsch Resultat qualitätloser Denkweise ist, der Dilettantismus aber Resultat qualitätlosen Handwerks. Sie sehen, daß eine Arbeit gleichzeitig Kitsch und Dilettantismus sein kann. Versagt der Mensch, der die Arbeit schafft, als Persönlichkeit, so entsteht Kitsch, versagt bei immerhin qualitätvoller Persönlichkeit die handwerkliche Fähigkeit, so entsteht Dilettantismus.
Der Dilettantismus läßt die Menge der urteilslosen Menschen unbefriedigt, weil sie den Mangel an handwerklichem Können sehen kann und als Mangel empfindet, während sie die Persönlichkeit, die gearbeitet hat, oder den Ernst, der den arbeitenden Menschen begeisterte, darüber nicht sehen kann. Der Kitsch aber befriedigt den Harmlosen meist restlos, weil er das handwerkliche Können bewundert, welches er nicht hat, und weil dem Harmlosen nicht auffallen kann, daß da keine Persönlichkeit an der Arbeit war, weil er für Persönlichkeit aber überhaupt keinen Sinn hat.
Und nun die Kunst: sie läßt den Harmlosen noch unbefriedigter als der Dilettantismus, weil er hier überhaupt nichts erkennen kann. Wenn die Persönlichkeit des Künstlers das Handwerk zum Schöpferischen meistert, so hält das der Harmlose für ein schlechtes Handwerk, da er die Persönlichkeit nicht erkennt und so den Grund zu der schöpferischen Verbiegung nicht sieht. Daher blüht der Kitsch und genießt der Kitscher die größten Ehren und erzielt die höchsten Preise.

1927

plastische schreibung

es sol dii schreibung nach möchlichkeit soo plastisch sein, wii die spraache selbst. dii spraache unterscheidet deutlicht tswischen langen und kurzen silben, eebensoo sol es die schreibung machen und tswaar oone jede einschränkung. jeede lange silbe mus markiirt werden, jeede kurtse silbe mus deutlich kentlich sein, dan wird man klaar leesen und klaar sprechen. die deutsche rechtschreibung kent mittel zuur deenung und mittel zur kürzung. beides tsu sammen is ferkeert. noch ferkeerter ist, das diise mittel nuur manchmal aangewendet werden, manchmal aaber nicht. und das es ferschiidene mittel gibt, ist uneinheitlich und onloogisch. waaroum schreibt man: das und dass, man und mann, wen es nicht in deer spraache tsu unterscheiden ist? mein sisteem deer plastischen schreibung ist seer einfach, es hat folgende reegeln:

1) alle unnötigen buchstaben meiden
2) jeede ungedeente silbe ist an sich kurts (wen an stelle des früheren wenn)
3) soll eine silbe lang werden, soo wird deer wookaaal ferdoppelt (ween an stelle des früüheren wen)

das besaagt schoon alles, und nach diisen reegeln kan jeeder selbst schreiben, man lernt in 5 minuten, was man früüher in 9 schuuljahren noch nicht lernte, man schreibt alles richtig, man hat an stelle deer eehemaaligen wilküur eine loogik, man hööṙt wiider beim schreiben was gesprochen wird, und es gibt noch tausend forteile. wotsuu das ie, das deenungs h, wiir schreiben alles nach einem sisteem: wiir, liibe, iir, statt deer wir, liebe, ihr fon früüher.

1927

der ring neue werbegestalter

wurde im jahre 1928 gegründet und wollte der zusammenschluß oder ring aller werbegestalter sein. er ist nicht vollständig, aber was ist überhaupt auf der erde denn vollständig?
werbegestalter sind leute, die durch die gestaltung der drucksachen werben oder die ihre werbedrucksachen nicht nur anordnen, sondern gestalten. das sind schöne worte.
man könnte vielleicht sagen, daß bei ihnen werbung und gestaltung dasselbe sind. aus der werbung entsteht direkt die gestalt, und aus der gestalt die werbung. werbung und gestaltung sind eine einheit geworden:
d i e w e r b e g e s t a l t u n g.

das klingt so einfach und ist wie alles, was einfach aussieht, sehr kompliziert.
werben heißt die aufmerksamkeit auf ein ding lenken. der werbegestalter lenkt die aufmerksamkeit des beschauers nun nicht durch worte, phrasen oder künstliche künstlerische zutat auf den gegenstand, für den er wirbt, sondern schlicht durch die gestaltung der drucksache als einheit. gestaltung ist das schaffen einer bewußten einheitlichen gestalt, und der gestalter kann sich dabei nach ebenso allgemeinen gesetzen richten, wie etwa der musiker. das beruht darauf, daß wir menschen im wesen alle gleich sind und gleich funktionieren.
einheit ist gleichgewicht der erkannten teile. durch ungleichheit der teile untereinander ergeben sich spannungen. jeder teil ist ein gewicht, eine kraft mit bestimmter richtung und bestimmter stärke. die wertung wiegt die gegeneinander in spannung befindlichen kräfte so gegeneinander ab, daß sie addiert und subtrahiert zusammen null ergeben. nicht die kräfte, sondern der ausgleich der kräfte ist die gestaltung.
in der drucksache sind die kräfte abbildung, schrift, satzmaterial, bedruckte und unbedruckte fläche usw. in ihren spannungen gegeneinander. alles ist gleich wichtig. aber man

denke nicht, daß gestaltung etwa dekoration mit balken wäre, wie es unsere imitatoren denken.

die mitglieder des ringes sind: baumeister, burchartz, dexel, domela, leistikow,, michel, schuitema, schwitters, trump, tschichold, vordemberge, zwart. gäste für die ausstellung in basel sind: cyliax, kassák, molzahn, teige. die anschrift des ringes ist: kurt schwitters, vorsitzender, hannover, waldhausenstraße 5.
im märz 1930.

1930

Betrachtungen – 3

Wer über die Menschen will schreiben, der muß gutmütig sein und guten Mutes an seine Arbeit gehen. Er muß die kleinen Schwächen sowie die großen Fehler seiner Mitmenschen objektiv zu sehen bestrebt sein, auch die großen Zeitgenossen, bei denen die Fehler entsprechend ihrer Größe natürlich noch größer sein müssen. Er müßte sogar bestrebt sein, seine Zeitgenossen im Genuß ihrer schwachen Fehler zu lieben. Statt einen Menschen wegen seiner Schwächen zu verurteilen, kann der objektive Optimist ihn gerade wegen dieser entzückenden kleinen und großen Fehler an die Stelle drükken, wo der normale Mensch seinen Verstand im Herzen hat. Und wenn Sie fragen, was das bedeutet, so sage ich: Dichtung.

1937

Der Ursprung von Merz

Ich hatte einen, was man so nennt, Freund, er war Arzt, sein Name war Schenzinger. Ich sollte ihn portraitieren. Er war dauernd beschäftigt, dauernd arbeitend, und so wollte er auch bei den Sitzungen auf meinem Flügel Klavier spielen. Er sagte, wenn er sich so etwas bewegte, würde ich besser seinen Charakter treffen.
Neben mir lag ein Bierfilz.
Ich versuchte nun mit Inbrunst, seinen Charakter aus seinen Bewegungen herauszulesen und ihn im Bilde herauszukristallisieren. Er spielte die Mondscheinsonate, letzten Satz.
Neben mir lag der Bierfilz.
Ich dachte: »Alles kann für alles charakteristisch sein. Wenn es charakteristisch ist. Nur darauf kommt es an. Wenn es nicht charakteristisch ist, dann hat man eben Pech gehabt.«
Und ich versuchte herauszufinden, ob seine, Schenzingers, Bewegungen charakteristisch für die Mondscheinsonate waren.
Neben mir lag der Bierfilz.
Solch ein Bierfilz ist z. B. charakteristisch für ein Bierglas mit Bier und einen Biertrinker, nicht für Dr. Justus Bier, dem Riemen Schneider.
Und die runde Form ...
Plötzlich kam mir eine geniale, vielleicht minder geniale, jedenfalls eine Eingebung. Ich stand auf, bestrich den Bierfilz auf der Rückseite statt mit Kleister mit roter Farbe und klebte ihn damit auf die Wange des Profilbildes, das ich gemalt hatte. Er reichte vom Ohr bis zur Nase, soweit man bei Ölbildern von Ohr und Nase reden kann.
Herr Schenzinger stand plötzlich auf. Die Mondscheinsonate verstummte. Plötzlich fragte Dr. Schenzinger: »Was haben Sie getan?«
»Was ich getan habe?« antwortete ich, und meine Stimme zitterte. »Was ich getan habe, habe ich getan«, sagte ich bestimmt.

»Sie haben mir den Bierfilz auf die Backe geklebt!« sagte Dr. Schenzinger wütend.
»Mit Nichten habe ich den Bierfilz auf die Wange des Bildes, soweit man bei Bildern von Wange reden kann, des Bildes, welches Sie charakterisieren soll, geklebt«, brachte ich mühevoll hervor.
»Nehmen Sie ihn ab«, befahl Dr. Schenzinger.
»Ich freue mich, daß er drauf sitzt!«
»Nehmen Sie den Bierfilz ab.« –
»Das tue ich nicht!«
»Dann nehme ich ihn ab!« –
»Das werden Sie nicht tun, Sie würden die Einheit des Kunstwerkes zerstören.«
»Der Bierfilz ist eine Beleidigung für mich.«
»Der Bierfilz charakterisiert Sie irgendwie.«
»Wie kann mich der Bierfilz charakterisieren?«
»Ich kann nicht sagen, wie, aber er tut es, das fühle ich.«
»Weil er rund ist?«
»Und filzig. Vielleicht.«
»Und aus Pappe?«
»Weil Sie nicht von Pappe sind.«
Da versuchte er eine List und sagte: »Und drückt er vielleicht auch die Mondscheinsonate aus?«
»Die Mondscheinsonate? – Die Mondscheinsonate von Dr. Mondschein?« –
Ich kenne übrigens Dr. Mondschein, er ist ursprünglich Zahnarzt und arbeitet nach dem Wahlspruch: »Mondschein – schont mein.«
»Gut, er mag sie ursprünglich geschrieben haben, jedenfalls den genialen Tipp hat ihr Beethoven gegeben. Wie stehen Sie zu der Frage, ob der Bierfilz Beethoven ausdrückt.«
»Mein Herr«, sagte ich, »denken Sie etwa, daß Sie selbst Beethoven ausdrückten? Und das Bild soll ein Portrait Ihres Wesens sein.«
Da ging Herr Schenzinger hinaus und schloß hinter sich die Tür.

Seit der Zeit waren wir nicht mehr Freunde, besonders als ich das Bild mit dem Bierfilz auf der Bild-Backe als Portrait Dr. Schenzinger ausstellte.
Ich malte zu der Zeit ein Portrait Frau Luise Spengemanns, es war Anfang 1919. Hier versuchte ich eine Komposition kleiner Gegenstände, die da im Zimmer herumlagen und versuchte damit ihr Wesen zu charakterisieren. In der Auswahl und Verteilung der farbigen Werte sollte der Charakter begründet sein. Und es gelang über Erwarten gut. Luise Spengemann sagte: »Das bin ich, niemand anders als ich könnte es sein.«
Nun dachte ich nach über meine Erfahrungen. Ich hatte versucht Herrn Dr. Schenzinger durch einen einzigen Bierfilz im Zusammenhang mit einer Kopie seiner Gesichtszüge zu charakterisieren. Der Erfolg war, daß das, was für mich eine Charakterisierung zu sein schien, für ihn eine Beleidigung war. Bei Frau Luise Spengemann hatte ich eine Komposition aller Teile des Bildes unternommen, nicht allein einen an sich bildfremden Gegenstand aufmontiert. Dieses Bild traf auch für Sie, Frau Spengemann, Ihr Wesen, Ihren Charakter.
Das Wesentliche war die Komposition. Nun machte ich Versuche, Gegenstände, die man als Abfall bezeichnen könnte, weil sie weggeworfen waren, zu komponieren, und fand bald heraus, daß in der Komposition ein überzeugender ganz allgemeiner Ausdruck lag. Es war vielleicht übertrieben, daß Frau Luise Spengemann sich selbst in der Komposition ihres Bildes erkennen wollte, und es war vielleicht, sogar ziemlich sicher, falsch, daß ich versuchte, sie mit einer Komposition zu charakterisieren. Kompositionen können nur allgemein Ausdruck geben, einen Ausdruck, der vielleicht ähnlich dem eines Menschen ist, etwa wie eine Wolke einem Löwen ähnlich sein kann. Und doch ist die Wolke nur Nebel. Eine Komposition kann aber für dafür empfindliche Menschen einen Ausdruck vermitteln, und eine Komposition von farbigen Werten in der Malerei kann es ebenso gut wie eine Komposition von Tönen in der Musik.

Beethoven geht sogar weiter, er gibt neben dem Ausdruck ganz deutlich den Eindruck eines Gewitters. Ich denke, Wald.

1942–47

Die Gazelle zittert

Die Gazelle zittert,
Weil der Löwe brüllt.
Die Hyäne wittert.
Doch die KUNST ERFÜLLT.

1947

Zu dieser Ausgabe

Der Text der vorliegenden Auswahl folgt der Ausgabe: Kurt Schwitters, *Das literarische Werk*, herausgegeben von Friedhelm Lach, 5 Bde., Köln: DuMont, 1973–81. In einzelnen Fällen wurde, was die typographische Gestalt der Texte betrifft, zurückgegangen auf Schwitters' 1922 im Verlag Der Sturm, Berlin, erschienenen Band *Die Blume Anna. Die neue Anna Blume. Eine Gedichtsammlung aus den Jahren 1918–1922*, Einbecker Politurausgabe.

Beim Auszug aus *Die Scheuche* (S. 52–55) handelt es sich um die ersten vier (von insgesamt zwölf) Seiten des Bändchens *Die Scheuche. Ein Märchen*, typographisch gestaltet von Kurt Schwitters, Käte Steinitz, Th. van Doesburg, Hannover: Apossverlag, 1925, Originalformat 24,5 × 20 cm. *Dadaismus in Holland* (S. 132 f.) ist eine Wiedergabe der Seiten 1 und 3 aus *MERZ 1: Holland Dada* vom Januar 1923. Das Manifest *Aufruf!* wurde nach dem Erstdruck in *Der Sturm* XII,12 (Dezember 1921) reproduziert. Quellenangaben zu allen Texten finden sich jeweils im Anhang der DuMont-Ausgabe, dort sind auch abweichende Fassungen und Übersetzungen abgedruckt.
Überschriften in eckigen Klammern stammen von Friedhelm Lach.
Die an den Schluß der Texte gesetzten Jahreszahlen geben die Entstehungszeit an; Schwitters selbst hat viele seiner Texte im Manuskript genau datiert.
Der Zitat-Titel »Eile ist des Witzes Weile« ist den *Banalitäten aus dem Chinesischen* (S. 33) entnommen.

Das Titelblatt zu *Anna Blume* (S. 153) ist nach dem 1965 im Verlag der Arche, Zürich, erschienenen Band: Kurt Schwitters, *Anna Blume und ich. Die gesammelten »Anna Blume«-Texte*, herausgegeben von Ernst Schwitters, reproduziert; die 1919 entstandene Stempelzeichnung (S. 157) ist entnommen aus: Kurt Schwitters, *Anna Blume und andere Literatur und Grafik*, herausgegeben von Joachim Schreck, Köln: DuMont, 1986, sie erschien ursprünglich im Schwitters gewidmeten *Sturm-Bilderbuch 4* (Berlin 1921).

Nachwort

In einem Akt der Demontage ist die Bezeichnung »MERZ«, die Kurt Schwitters für seine Kunst- und Literaturaktivitäten wählte, aus dem Wort und gegen das Wort »Kommerz« gebildet: Die Art und Weise der Begriffsbildung ist dabei nicht weniger charakteristisch als die von DADA. MERZ ist DADA und ANTIDADA zugleich. Wie das? In Loslösung von Herwarth Waldens expressionistischem *Sturm*-Kreis um die gleichnamige Zeitschrift, für die August Stramms komprimierte »Wortkunst« zum poetischen Erkennungszeichen wurde, tendierte Schwitters zu Experimenten, die ihn in die engste Nähe zu den Berliner DADAisten brachten. Klassisch geworden ist seine Vorstellung, mit der er sich um Aufnahme in den »Club Dada« bewarb: »Ich bin Maler, ich nagle meine Bilder.« – »Das war neu und sympathisch«, berichtet der DADAsoph Raoul Hausmann: »Es kam heraus, daß der Mann auch Gedichte machte. Er sagte Einige. Sie schienen mir noch unter dem Einfluß von Stramm zu stehen, doch eins erschien mir neu und gut.«[1] Aber der »Zentralrat« und besonders Richard Huelsenbeck konnten sich zu keiner Aufnahme in den »Club« entschließen. Und dies sei gut gewesen, glossiert Hausmann in seinen späteren Erinnerungen, die 1972 unter dem Titel *Am Anfang war Dada* herauskamen, denn so habe Schwitters eine größere Unabhängigkeit bewahrt, um seine eigene Form von DADA – eben MERZ – zu finden und auszuformen.

Nach dem Zerfall der Berliner DADA-Bewegung, die in der »Internationalen DADA-Messe« des Jahres 1920 ihren Höhepunkt hatte, kam es zu einer engen Zusammenarbeit zwischen Schwitters und Hausmann: der Anfang einer langen Freundschaft, die nach dem Zweiten Weltkrieg noch einmal aufgenommen wurde und zu dem gemeinsamen Zeitschrif-

1 Raoul Hausmann, *Am Anfang war Dada*, hrsg. von G. Kämpf und K. Riha, Steinbach/Gießen 1972, [2]1980, S. 63; dort (S. 65–67) auch die folgenden Zitate.

ten-Projekt *Pin* führte. Beide unternahmen September 1921 unter dem Titel »MERZ und AntiDADA« eine gemeinsame Tournee nach Prag, deren Programm sie bei Hannah Höch zusammenstellten; Hausmann schreibt: »Schwitters zeigte mir, was er sprechen wollte, unter anderem *Das Alphabet von hinten gelesen*, ein erster Schritt zu einem Lautgedicht. Ich zeigte ihm meine Plakatgedichte von 1918, die ihm gänzlich neu waren. Sie erstaunten ihn, hatten ihn aber noch nicht gebissen. Er hatte noch nicht angebissen.« Die Aufführung selbst stach von der tumultuösen Matinee im Februar 1920 – mit Huelsenbeck, Hausmann und Baader, der kurz vor Veranstaltungsbeginn mit der Kasse das Weite gesucht und seine Mitstreiter in DADAistischer Ratlosigkeit zurückgelassen hatte – nicht unwesentlich ab: »Auf dem niedrigen Podium des Saales der Produktenbörse erschienen zwei einfache Männer, die mit klaren Stimmen anfingen, die *Revolution in Revon* von Schwitters abwechselnd zu rezitieren. Den ersten Satz, *Mama, da s-teht ein Mann*, Schwitters, den zweiten Satz, *Mama, da s-teht ein Mann*, Hausmann; so bis zum Ende. Großer Beifall. Ebenso wurde verfahren mit dem Gedicht *Zigarren* von Schwitters; der Wechsel der beiden Stimmen machte die Wiederholung desselben Wortes in verschieden starker Betonung sehr reich. Darauf Hausmanns *Seelenautomobile*, Lautgedichte, darunter das später so bekannt gewordene *fmsbwtözäu* etc. Daß Schwitters *Anna Blume* sprach, war nur natürlich. Und das *Alphabet von rückwärts gelesen*. Kurz, ein ganzer Erfolg. Nein, kein Skandal, ein Erfolg. Ein großer Erfolg. MERZ plus AntiDADA. 1. September 1921. In Prag.«
Diese Lesung, die das Publikum durch »Neuheit und Vollkommenheit« überraschte und auf seine Seite zog, zeitigte bei Schwitters seltsame Nachwirkungen, wie wir aus dem anekdotischen Bericht Hausmanns wissen; bei einem Abstecher in die Sächsische Schweiz, heißt es, sei es zur Initialzündung in puncto Lautgedicht gekommen: »Kurt begann gleich morgens: *fmsbwtözäu, pgiff, pgiff, mü* – er ließ den ganzen Tag nicht mehr locker, bis zu dem Wunder von Wasserkunst.

Titelblatt der Originalausgabe von »Anna Blume«, 1919.

Eine Schlucht; man sah nichts, als in etwa 2 Meter Höhe eine Tafel, auf der stand: *Nach Einwurf von 10 Pfennig, an der Leine ziehen*. Wir sahen eine Art Griff, wie in einem Water-Closet. Wir warfen unser 10-Pfennigstück in den Schlitz einer Bückse [!] und zogen: nach ein paar Augenblicken rieselte ein dünner Wasserstrahl wie lächerliches Gepinkel die Felsen herab. Auf dem Rückweg begann Schwitters wieder: *fms* und *fms* und immer wieder *fmsbw*; es wurde ein bißchen viel. Dies war der Ausgangspunkt für seine *Ursonate*. Erst trug Schwitters mein Gedicht im *Sturm* als *Porträt Raoul Hausmann* vor, später, gegen 1923, hatte er es stark ausgebaut in 50facher Wiederholung und endlich 1923 hatte er das Scherzo *lanke trrgll* und andere Teile dazu erfunden und das Ganze als *Urlautsonate* in seinem *MERZ* Nr. 24 veröffentlicht.» – Eben diese »Urlautsonate« gilt zu Recht nicht nur als eines der zentralen Stücke Schwittersscher MERZ-Dichtung, sondern insgesamt der DADAistischen Lautpoesie!
In seiner Parteinahme für MERZ als aus dem DADAismus überlebendes Prinzip abstrakter Kunst setzte sich Schwitters gegen einen – nach Richard Huelsenbeck – so von ihm getauften »Hülsendadaismus« ab: »Ursprünglich gab es nur die Kerndadaisten, die Hülsendadaisten haben sich von diesem ursprünglichen Kern unter ihrem Führer Hülsenbeck abgeschält und bei der Abspaltung Teile des Kernes mitgerissen. Das Abschälen vollzog sich unter lautem Geheul, Absingen der Marseillaise und Verteilen von Fußtritten mit den Ellenbogen, eine Taktik, deren sich Hülsenbeck noch heute bedient. Der Dadaismus wurde unter Hülsenbeck eine politische Angelegenheit. Das bekannte Manifest des dadaistischen revolutionären Zentralrates Deutschlands verlangt die Einführung des radikalen Kommunismus als dadaistische Forderung.«[2] Er selbst setzte 1923 – mitunterzeichnet vom Holland-DADA Theo van Doesburg, von Hans Arp, Tristan Tzara und dem Freund Christoph Spengemann, der bereits 1920 *Die Wahrheit über Anna Blume* publiziert hatte – sein

2 Kurt Schwitters, *Das literarische Werk*, hrsg. von F. Lach, Bd. 5, Köln 1981, S. 77.

Manifest Proletkunst entgegen, in dem er eine an eine »bestimmte Klasse von Menschen« gebundene Kunst bestritt, das Proletariat wie das Bürgertum zu einem Zustand erklärte, der überwunden werden müsse, und für sich und seine Gruppe propagierte: »Das, was wir hingegen vorbereiten, ist das Gesamtkunstwerk, welches erhaben ist über alle Plakate, ob sie für Sekt, Dada oder Kommunistische Diktatur gemacht sind« (S. 129).
Hausmann und Schwitters trafen sich aber auch in der Wertschätzung des Nonsensicalischen, Absurden und Banalen. »Mir tut der Unsinn leid, daß er bislang so selten künstlerisch geformt wurde, deshalb liebe ich Unsinn«, oder: »Die Welt ist banal, und zwar um so banaler, je mehr sie sich betut«,[3] so lauteten entscheidende programmatische Äußerungen. Entsprechungen in der literarischen Produktion bieten einerseits das reduktionistische, die Grenzen zwischen ›Text‹ und ›Bild‹ verwischende *i-Gedicht*, zu dem es heißt: »Dieses i ist der mittlere Vokal im deutschen Alphabet. Das Kind lernt ihn in der Schule als ersten Buchstaben. Der Klassenchor singt: ›Rauf, runter, rauf, Pünktchen drauf‹. i ist der erste Buchstabe, i ist der einfachste Buchstabe, i ist der einfältigste Buchstabe. Ich habe diesen Buchstaben zur Bezeichnung einer spezialen Gattung von Kunstwerken gewählt, deren Gestaltung so einfach zu sein scheint, wie der einfältigste Buchstabe i. [. . .] Der Künstler erkennt, daß in der ihn umgebenden Welt von Erscheinungsformen irgendeine Einzelheit nur begrenzt und aus ihrem Zusammenhang gerissen zu werden braucht, damit ein Kunstwerk entsteht [. . .].«[4] Neben der i-Kunst als radikaler und konsequenter Reduktion des künstlerischen Materials auf Minimalstrukturen, auf Minimalausschnitte vorgefundener sprachlicher und bildlicher Wirklichkeit stehen die Texte, die direkt aus der programmatischen Verlautbarung heraus *Banalitäten* genannt werden. Dabei handelt es sich um Zitate, Sprachfundstücke – schon Spengemann

3 Kurt Schwitters, *Anna Blume und ich*, hrsg. von E. Schwitters, Zürich 1965, S. 33 und 15.
4 Schwitters, *Das literarische Werk*, Bd. 5, S. 138 f.

wies darauf hin, daß der Name »Anna Blume« durch eine anonyme Straßenkritzelei »an einer Planke«[5] angeregt worden sei – und/oder Imitationen alltagssprachlicher Platitüden, vorgegaukelte Fundstücke, mit denen Schwitters die Funktion des Zitats als Verweis auf seinen Herkunftbereich verzerrend überbetont: »Die Dadaisten schaffen dada, die Welt ist dada [...]. Nicht alle Banalitäten sind dada complet, aber in jeder Banalität ist eine Menge dadaistischen Blödseins versteckt. Ich habe Banalitäten vermerzt, d. h. ein Kunstwerk aus Gegenüberstellung und Wertung an sich banaler Sätze gemacht« (S. 130). Auf dieser Linie kommt Schwitters zur experimentellen Textmontage und -collage, in unserer Auswahl belegt durch den ironisch als »Epos« ausgegebenen Artikel *Aufruf*, der 1921 in der Zeitschrift *Der Sturm* erschien: Er mischt aus dem Zusammenhang gerissene Sprachäußerungen verschiedenster Art, setzt Zitate aus den Kriegsreportagen neben die Arbeiterparole, mischt Inseratzeilen mit Ratschlägen aus dem medizinischen Handbuch und durchwirkt das Ganze mit Passagen aus des Autors eigener *Anna Blume*-Lyrik. Alfred Döblin griff Ende der zwanziger Jahre mit seinem Roman *Berlin Alexanderplatz* auf diese Techniken zurück und erhob mit ihnen die Großstadt Berlin selbst zum Erzähler seiner Geschichte vom Franz Biberkopf.

Im Brotberuf war Schwitters Werbefachmann und entwikkelte graphische Ideen zur Umsetzung von Reklame. Sein alltäglicher Umgang mit typographischer Gestaltung und Plakatkunst einerseits und der Einfluß der »Konstruktivisten« El Lissitzky und Theo van Doesburg andererseits bildeten Anregung und Basis der Texte, die Schwitters direkt von der Typographie her, aus den Formqualitäten der Schrift heraus komponierte. Zusammen mit Käte Steinitz bzw. Theo van Doesburg entwarf er die Kinderbücher *Das Märchen vom Paradies* und *Die Scheuche*. Bei aller eigenwilligen Logik und Kompliziertheit der Strukturen behielt er einen schein-

5 Christoph Spengemann, *Die Wahrheit über Anna Blume*, Hannover 1920, Neuausg. hrsg. von K. Riha, Hannover 1985, S. 16 und 38.

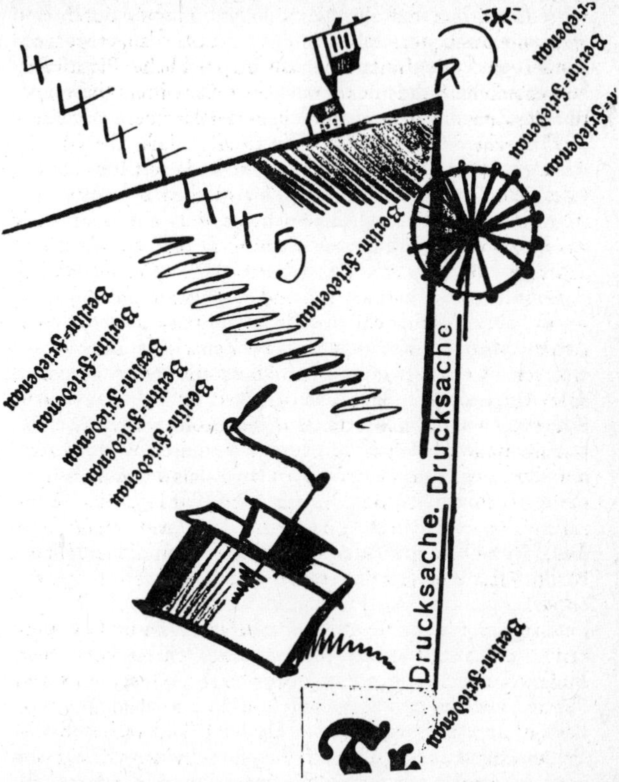

Kurt Schwitters, Stempelzeichnung, 1919.

bar unkomplizierten Zugang zu allem Einfachen und Naiven – etwa im Sinn von Wilhelm Busch und Christian Morgenstern –, der es ihm sogar erlaubte, immer wieder an Selbsterlebtes anzuknüpfen und ihm auf verschlungenen, meist vom Sprach-Einfall her geführten Wegen in den Text zu verhelfen. Er floh vor den Nationalsozialisten zunächst nach Schweden, dann nach England, wo er zu Beginn des Jahres 1948 im Exil starb, trotz Isolation und Krankheit anhaltend künstlerisch aktiv, wie sein erneuter Versuch der Errichtung seines in Hannover durch Bomben zerstörten »MERZbaus« oder eben der Plan zur Zeitschrift *Pin* belegen, die – »gegen den Geist der Bomben und Raketen« – der »schöpferischen Phantasie«[6] wieder auf die Beine helfen sollte, denn er war sich bewußt, daß die kreativen Fähigkeiten in der Zeit der nationalsozialistischen Herrschaft über Deutschland tief gesunken waren und dringend neuer Impulse bedurften. Obwohl das Projekt scheiterte und in Buchform erst 1962 – in deutscher Übersetzung gar erst 1986 – dokumentiert wurde, zählt Schwitters damit zu den Wiederbegründern einer deutschen Avantgardeliteratur nach 1945.

Die hier vorgelegte Auswahl ist der von Friedhelm Lach besorgten Ausgabe des *Literarischen Werks* von Kurt Schwitters verpflichtet. Der Herausgeber strukturierte nach dem Gattungsprinzip in »Lyrik«, »Prosa« (zwei Bände), »Schauspiele und Szenen« und »Manifeste und kritische Prosa«, innerhalb der einzelnen Bände ordnete er die Texte ihrer zeitlichen Entstehung bzw. Veröffentlichung nach an. Wir weichen in unserer Auswahl leicht davon ab. Das Kapitel »Zur Person: Biographisches und Topographisches« bildet den Auftakt: In ihm wird von »Hannover« aus, das sich – rückwärts gelesen – in »re von nah« bzw. »rückwärts von nah« verwandelt, der Zirkel der Reisen an den Rhein, nach Prag,

6 Kurt Schwitters / Raoul Hausmann, *Pin*, Neuausg. hrsg. von M. Erlhoff und K. Riha, Gießen 1986, S. 122 f. Vgl. Kurt Schwitters, *Wir spielen, bis uns der Tod abholt. Briefe aus fünf Jahrzehnten*, hrsg. von E. Nündel, Frankfurt a. M. / Berlin / Wien 1974, S. 217 ff.

Bern, Basel und schließlich ins englische Exil geschlagen. Zwei dieser Exil-Texte sind absichtlich in ihrer englischen Fassung belassen, um deutlich zu machen, daß das Leben in der Fremde auch Sprachprobleme aufwarf: Er könne nicht mehr richtig deutsch sprechen, merkt Schwitters in einem Brief des Jahres 1946 an, aber auch keine andere Sprache,[7] und trotzdem begann er, auf Englisch zu dichten ...
Ein Kapitel »Manifeste«, das von der *Sturm*-Bewegung über DADA zu MERZ führt, macht den Beschluß. Es gibt einen komprimierten Überblick über die theoretischen Anstrengungen von Schwitters, die sein literarisches und bildnerisches Werk kontinuierlich begleiten, und liefert wichtige Lese- und Verständnis- bis Unverständnishilfen für den in die Mitte gestellten, repräsentativen Querschnitt der dem eigentlichen Sinn nach literarischen ›Texte‹, die – gattungsmäßig ungeschieden – von *Anna Blume* und der *Welt voll Irrsinn* übers *Alphabet von hinten* und das *i-Gedicht* zum *Onkel Heini-Schlager* und *Obervogelsang* reichen. Natürlich mußten – angesichts der Knappheit des zur Verfügung stehenden Raumes – längere Texte ausgeklammert, kürzere bevorzugt werden; so kommen, nur eben durch *Kümmernisspiele* repräsentiert, vor allem die dramatischen Arbeiten etwas zu kurz. Die Anordnung folgt zwar im großen und ganzen der Chronologie, doch ist hier und dort – gegen die blanken Jahreszahlen – der eine und andere Text leicht nach vorn gezogen oder nach hinten gestellt, wo dies zur Strukturierung der Kapitel und zugunsten der inhaltlichen Orientierung des Lesers geboten schien.
Die Erstveröffentlichungen der Schwittersschen Gedichte, Prosastücke, Szenen und Manifeste in Zeitschriften, Broschüren oder sonstigen Separata sind heute absolute Raritäten. Eine gewisse Popularität hatten zu Lebzeiten des Autors – dank seiner Vortragsreisen und Lesungen – *Anna Blume* und die *Ursonate*, von der sich sogar eine Schallplattenaufnahme erhalten hat. Die Ausgabe der Werke öffnete sukzes-

7 Vgl. Schwitters, *Wir spielen, bis uns der Tod abholt*, S. 213.

siv den Einblick in ein großes literarisches Œuvre der modernen deutschen Literatur, das bis dahin weitgehend Terra incognita geblieben war. »Du bist ein noch wenig beschriebenes Blatt«, stellt der »ältere Herr im langen, venezianischroten Überrock« in dem Prosastück *In der Gegend des Paradieses* fest (S. 22 f.), als er des Dichters ansichtig wird, den er »in eine andere Gestalt und an einen anderen Ort« versetzt hat. Daß sich dies ändert, dazu ist der hundertste Geburtstag von Kurt Schwitters – am 20. Juni 1987 – der rechte Anlaß!

Christina Weiß Karl Riha